KB164979

백년을 건너온 약속

이진미 지음

다른

| 차례 |

프롤로그

모든 것은 한 선생님으로부터 시작되었단다.

오래전, 이 마을 초등학교에는 '유키에'라는 아주 열정적인 선생님이 계셨어. 선생님은 날마다 아이들에게 정직하게 살아야 한다고 말씀하셨지.

어느 날 사회 시간에 선생님은 마을을 가로질러 흐르는 아라카와강을 가르치게 되었단다. 실은 이 강은 사람들이 만든 '방수로'라고 말이야. 그런데 반 아이들이 고개를 갸웃거리는 거야. 이렇게 커다란 강을 사람들이 인위적으로 만들었다는 사실을 도무지 믿을 수 없었던 거지. 아이들이 못 믿겠다고 하니 선생님조차 헷갈렸던 걸까. 아니면 아이들에게 확실한 증거를 보여 주고 싶었던 걸까. 선생님은 동네에서 오래 살고 있는 노인들을 직접 찾아다니며 아라카와강에 관해 묻기 시작했지.

그런데 노인들의 입에서 아주 뜻밖의 말이 나온 거야. 그것도 한두 명이 아니라 여러 사람에게서 말이야.

오래전, 물길을 내어 아라카와 방수로를 만들던 사람들이 어느 날 갑자기 한꺼번에 사라져 버렸다는 이야기였지. 그 사람들은 누구고, 어디로 가 버린 걸까?

이 글은 바로 그 사라진 사람들에 관한 이야기란다.

마에다 린, 2023년 도쿄

저벅저벅, 불길한 발소리.

침이 마른다. 눈앞은 온통 시커먼 어둠뿐 아무것도 보이지 않는다. 금방이라도 누군가의 손이 휙 튀어나와 머리채를 잡아챌 것만 같다. 린은 어둠 속에 포위된 작은 짐승처럼 오갈 곳을 모른 채 서 있다. 또렷하게 반짝이는 작은 빛, 나를 노리는 야수의 눈동자일까. 횃불의 행렬과 순식간에 사방을 둘러싼 뾰족한 것들이 린을 찌를 듯 와락 달려든다. 눈을 뜰 수가 없다. 괴로워 미치겠다. 숨을 쉴 수도 없다. 악, 소리라도 지를 수 있다면 이 뾰족한 것들을 모조리 쫓아 버릴 수 있을 텐데. 하지만 외침은 소리가 되어 나오지 못하고 소용돌이치며 심장을 뚫을 듯 파고든다.

"린!"

눈을 떴다. 창문을 등지고 선 엄마가 거대한 가오나시처럼 보인다. 몸을 부르르 떨었다. 식은땀에 등이 푹 젖어 있었다.

"나쁜 꿈을 꾸었니?"

얼굴 없는 가오나시처럼 엄마 표정이 보이지 않았다. 하지만 목소리만 들어도 린은 알 수 있었다. 엄마 기분이 좋지 않다는 것을. 린은 잘못한 사람처럼 저절로 움츠러들었다. 하지만 꿈은 내 맘대로 되는 게 아닌걸. 마음속에 비죽 솟아난 생각은 엄마의 긴 한숨에 쏙 들어가고 만다.

"어서 일어나. 학교 늦겠다."

엄마가 탁, 탁 슬리퍼 끄는 소리를 내며 방을 나간 뒤 린은 침대에 우두커니 앉았다. 꿈속에서 본 뾰족한 빛을 떠올리는 것만으로도 눈이 시려 와 눈을 질끈 감았다. 왜 하필이면…… 린은 몸서리를 쳤다. 날카롭거나 뾰족한 것을 보면 저도 모르게 심장이 두근거리고 맥박이 빨라진다. 뾰족한 모서리가 금방이라도 눈을 찌를 것만 같아 속까지 울렁거린다. 이런 증상을 '모서리 공포증'이라고 부른다는 걸, 린은 나중에서야 알게 되었다.

할머니는 린이 돌 무렵 혀 짧은 소리로 제 이름을 '니나'라고 부르던 게 귀엽고 듣기 좋다며 항상 린을 '니나 짱'이라고 불렀다.

"니나 짱이 할미를 닮아서 그래."

뾰족한 것 앞에서 질색할 때마다 할머니는 투박하고 거친 손으로 린의 두 눈을 쓰다듬듯 감겨 주며 말했다. 그러면 어린 린은 할머니의 손안에서 온전히 보호받고 있다고 느꼈다. 세상의 온갖 무섭고 위험한 것들도 할머니의 커다랗고 두툼한 손바닥을 절대 뚫을 수 없을 테니까. 하지만 이제 린의 곁에는 할머니가 없다. 여섯 살에 겪은 사고 이후, 린은 잔뜩 화가 난 엄마 손에 이끌려 할머니와 정든 시골집을 떠나 도쿄로 왔다.

뒷마당에 우거진 숲을 병풍처럼 두르고 있던 시골의 작은 집은 린과 할머니만의 작은 우주였다. 아빠는 린이 아기였을 때 돌아가셔서 얼굴도 기억나지 않았고, 엄마는 일하느라 멀리 도쿄에서 떨어져 지냈다. 하지만 린은 정말 괜찮았다. 엄마 아빠 대신 린을 극진히 아껴 주는 할머니가 있었으니까. 하지만 어느 날 갑자기 린은 단란했던 자신의 우주에서 추방되고 말았다.

린은 제 손으로 두 눈을 지그시 눌렀다. 하지만 가늘고 여린 손가락으로는 아무리 해 봐야 어림없다는 걸 알고 있었다. 등에서 땀이 식으며 몸이 오스스 떨렸다. 린은 팔뚝을 손으로 쓸다가 물끄러미 바라보았다. 검붉은 흉터로 울퉁불퉁한 팔뚝은 칠 년이 지나도록 여전히 낯설고 어색했다.

밖에서 엄마의 목소리가 들렸다.

"빨리 준비하지 않고 뭐 하니?"

린은 생각에서 빠져나와 벌떡 일어섰다. 가방을 멘 아이들이 운동장에 하나둘 보이는가 싶으면 이미 늦은 거다. 하루는 언제 농구에 매달렸냐는 듯 시치미를 뚝 떼고는 교실 맨 구석 자리로 가 추리소설 속으로 도망칠 거다. 마치 교실 벽에 걸린 정물화처럼 꼼짝하지 않은 채. 그러니 하루가 긴 팔을 뻗어 발레리노처럼 우아한 동작으로 골대를 향해 공을 던지는 순간을 놓치지 않으려면, 그 아이의 이마에서 흘러내린 땀방울이 햇빛에 반사되어 반짝이는 모습에 감탄하려면 서둘러야 한다. 게다가 운이 좋으면 며칠 전처럼 학교로 가는 버스 안에서 하루와 우연히 마주칠 수도 있다!

린이 씻고 나왔을 때 엄마는 통화하고 있었다.

"그렇군요."

엄마는 크게 한숨을 쉬고 난 뒤 말을 이었다.

"네, 알겠습니다."

"엄마!"

린이 부르는 소리에 그제야 정신을 차린 듯 엄마는 수화기를 내려놓았다.

"나 늦어서 밥 안 먹고 그냥 갈게요."

방으로 들어가려는 린을 엄마가 불러 세웠다.

"린, 오늘은 학교에 가지 않아도 돼."

린은 의아한 얼굴로 엄마를 쳐다보았다. 우등상은 못 받아도 개근상만큼은 꼭 받아야 한다며 끙끙 앓을 때도 기어코 학교에 보내고야 마는 엄마인데…….

엄마의 눈길이 잠시 린의 팔뚝에 머무는 듯했다. 엄마는 숨을 가볍게 들이마시더니 단숨에 내뱉어 버렸다.

"할머니 돌아가셨대."

엄마의 말은 낱낱의 글자로 해체되어 허공에 떠다니는 것 같았다. 그 말이 무슨 뜻인지 알아차리려고 도망치는 글자들을 하나씩 잡아 이리저리 조합해 보아야 했다. 하지만 소용없었다.

린은 무슨 뜻인지 모르겠다는 듯 엄마에게 물었다.

"네?"

엄마 차를 타고 장례식장으로 가는 길에도 린은 내내 허공을 떠도는 글자를 헛되이 잡으려 애쓰는 기분이었다. 언제? 어떻게? 왜? 아무리 물어도 그 어떤 것도 알 수 없었다.

"길에 쓰러져 계셨다는구나. 지나가던 사람이 발견해서 응급실로 옮겼지만 이미 늦었대."

엄마는 뒷거울로 린의 기색을 살피며 조심스럽게 말했다. 린은 아무 대꾸도 하지 않고 창밖만 바라보았다.

할머니의 신원이 확인되자 엄마에게 연락이 왔다. 칠 년이나 인연을 끊다시피 지냈지만 할머니에게 남은 가족은 며느리인 엄마와 손녀 린뿐이다. 엄마는 할머니가 살던 곳 근처에 있는 장례식장에 할머니를 모셨다고 했다. 놀랍게도 그곳은 도쿄의 스미다구에 있었다. 린의 집에서 차로 한 시간이 걸리지 않는 거리였다.

할머니가 이토록 가까이에 살고 계셨다는 사실에 린은 머릿속이 하얘지도록 화가 치밀었다.

"왜 말해 주지 않았어요?"

할머니가 도쿄에 계신 걸 알았다면 당장 달려갔을 것이다. 하루아침에 할머니를 영영 잃어버리게 될 줄 알았다면.

"나도 몰랐어."

엄마는 변명하듯 덧붙였다.

"너도 알잖니. 네 할머니가 연락하신 적 없다는 거."

린은 뭐라고 받아치고 싶었지만 아무 말도 하지 못했다. 엄마는 린이 할머니 이야기를 하면 대놓고 싫어했다. 할머니가 어린 손녀를 잘 돌보지 못해 린이 죽을 뻔했다고 믿었기 때문이다. 린은 그건 갑자기 벌어진 사고였을 뿐이라고 말하고 싶었지만 그러지 못했다. 할머니 이야기를 하면 엄마는 화를 냈고, 화가 난 엄마는 무서웠으니까. 린은 아무 말도 하지 못한 채 방에 혼자 틀어박혀 할머니가 찾아와 주기만을 기다렸다. 바보같이 할머니가 이렇게 돌아가실 줄도 모르고.

안개 속을 걷는 혼란스러운 기분으로 린은 장례식장에 들어섰다. 직원이 엄마와 린을 입관실로 안내했다.

수의로 단장한 할머니는 꽃으로 둘러싸인 관에 곱게 누워 있었다. 관에 쏙 들어가 있어서인지 할머니 몸은 몹시 작아 보였다. 나란히 서면 린의 어깨에도 닿지 않을 것 같았다. 린의 우주를 단단히 지켜 주던 기억 속 할머니가 아니라 마치 딴사람 같았다.

엄마가 손수건으로 눈물을 닦으며 잠긴 목소리로 말했다.

"린, 할머니께 마지막 인사를 해야지."

린은 고개를 세차게 저었다.

"우리 할머니가 아닌 것 같아. 할머니는 이렇게 작지 않았어요."

"뇌출혈이었다고 하더구나. 그동안 꽤 많이 편찮으셨대."

"아니야, 아니야!"

"린!"

린은 그대로 입관실을 뛰쳐나왔다. 도쿄에 살면서 한 번도 날 보러 와 주지 않았으면서 길에서 쓰러져 돌아가셨다고? 다시는 할머니를 안을 수도, 만질 수도 없는데 나더러 그걸 받아들이라고? 이건 분해서 우는 거다. 절대 슬퍼서 우는 게 아니다.

커다란 나무 밑에서 어깨를 들썩이며 흐느끼는 린에게 누군가 다가왔다.

"저, 마에다 스미코 씨 손녀 맞죠? 린 양?"

조금 전 엄마와 린을 안내한 직원이었다. 그가 편지 봉투 하나를 내밀었다. 린은 말없이 이게 뭐냐는 눈빛을 보냈다.

"마에다 씨 겉옷 주머니에서 발견했어요."

겉봉투에 또박또박 눌러쓴 글씨는 할머니가 쓴 것이 틀림없었다. 린은 숨을 훅 들이켰다.

이 편지를 마에다 린에게 전해 주십시오.

그 아래에는 린이 다니는 중학교의 이름과 주소가 적혀 있었다. 린은 떨리는 손으로 봉투를 열고 편지를 꺼냈다. 잠시 숨을 고르고 린은 편지를 펼쳤다.

그리운 나나 쨩!

펜을 들어 네 이름을 쓰고 있는 이 순간도 이 편지가 네게 전해지는 일이 없기를 할미는 간절히 바란단다. 하지만 결국 네가 이 글을 읽고 있다면 그 또한 신께서 주신 나와 너의 운명으로 여길 수밖에.

하지만 명심해라. 그 운명을 받아들이는 건 오직 너의 선택에 달려 있다는 것을. 그리고 할미는 나나 쨩이 아주 용감한 아이라는 걸 알고 있으니, 네가 어떤 선택을 하든 널 응원할 거란다.

네게 큰 짐을 남기고 떠나게 되어 정말 미안하구나.

사랑한다.

– 마에다 스미코

연필로 꾹꾹 눌러쓴 편지에는 몇 번이나 썼다 지운 흔적이 남아 있었다. 운명을 받아들이는 선택이라는 게 뭘까? 나한테 큰 짐을 주고 떠난다는 건 또 무슨 뜻이지?

슬픔으로 가득 차 있던 린의 마음에 커다란 물음표가 하나둘 떠오르기 시작했다.

양정필, 1923년 경남 합천

한낮의 따가운 뙤약볕이 내리쬐는데도 정필은 오슬오슬 한기를 느꼈다.

"콜록, 콜록."

감옥에서 겨울을 보내면서 폐까지 망가진 탓인지 이놈의 기침은 개도 감기에 안 걸린다는 오뉴월이 되어도 그칠 줄을 몰랐다.

"정필아! 느그 어무이는 좀 어떠시노?"

밭에서 김을 매던 지씨가 안부를 물었다. 정필은 쓴 입맛을 다시며 대답했다.

"영 차도가 없네예. 지금 약 지어 가는 길입니더, 콜록."

"쯧쯧, 니도 몸이 성치 않은데 고생이 많데이."

그렇게 말하는 지씨도 쭈그려 앉은 자세가 영 불편해 보였다. 장터에서 다친 다리를 제대로 치료하지 못해 못쓰게 되고 만 것이다. 그래도 목숨이 붙어 있는 게 어디인가. 그날 허망하게 잃은 목숨이 이 마을에서만 일곱, 그중 한 사람은 정필의 아버지였다.

정필은 집으로 발걸음을 재게 옮겼다. 정필이 감옥에서 풀려나 집으로 돌아왔을 때 이미 어머니는 상태가 좋지 않았다. 동생 정훈의 말로는 그날 뭇매를 맞은 뒤로 목숨만 붙어 있을 뿐이지 산송장이나 다름없었다고 했다. 하지만 기적처럼 살아 돌아온 큰아들을 보고는 당신도 살아 보겠다고 꾸역꾸역 안간힘을 쓰더니 자리에서 일어나 앉을 정도까지 회복이 되었다.

그런데 삼월 초하루 아버지 기일을 지나면서부터 심지가 다한 촛불처럼 하루하루 기력이 쇠하더니 며칠 전부터는 미음조차 넘기지 못하고 열에 들떠 헛소리만 하고 있었다.

"보이소, 정…… 필이 아부지요! 나가지…… 마이소."

"어무이, 정신 좀 차리소. 일어나 약 좀 잡수이소."

정필은 어머니를 일으켜 앉히고 입 안으로 약을 흘려 넣었다. 하지만 삼키지를 못하니 입가로 주르륵 흐를 뿐이었다. 정필은 애가 타서 짜증이 다 일었다.

"아이고, 어무이! 잡사야 살지. 이대로 그냥 가실랍니꺼?"

"정…… 필아, 가지 마라! 나서지 마라."

"어무이!"

"안 된다! 안 돼!"

갑자기 어머니가 눈을 부릅뜨며 또렷하게 외쳤다. 어머니의 의식이 아버지가 총 맞아 죽던 순간에 머무는 모양이다. 어머니는 이내 푹 고꾸라지고 말았다. 정필은 한숨을 쉬며 어머니를 자리에 다시 눕혔다.

문이 벌컥 열리더니 정훈이 들어왔다. 옷은 흙투성이고 찢어진 눈가에서 피가 흐르고 있었다. 정필의 눈빛이 험악해졌다.

"니 또 쌈박질했나?"

정훈은 대답 없이 팔뚝으로 시뻘건 피를 문질러 닦았다.

"니 진짜 동네 무뢰배로 살고 싶나?"

정필의 타박에 정훈은 못 참겠다는 듯 확 내질렀다.

"일본 아덜이 자 아부지는 만세 운동하다 총 맞아 죽고 형은 감옥살이하다 나온 불령선인(불온하고 불량한 조선 사람이라는 뜻으로, 일제가 식민 통치에 저항하는 사람을 이르던 말)이라고, 내 지게를 빼사 가 뿌사 버릴라 카는데 그럼 병신마냥 가만있어야 되겠나?"

정훈의 대거리에 정필은 그만 할 말을 잃고 말았다.

올해 열다섯 살인 정훈은 지게꾼이다. 역 앞에서 하염없이 손님을 기다리다가 짐을 날라 주고 푼돈을 받는다. 그 돈이 없으면 세 식구가 입에 풀칠하기도 어렵다. 지게가 없으면 지게꾼 노릇도 못 하게 된다. 정훈의 말이 맞는다. 얻어터져서라도 지게는 지켜야 한다.

정훈은 동네에서 이름난 수재다. 동네 사람들에게 글을 가르치는 아버지 옆에서 띄엄띄엄 배워 천자문을 뗀 게 다섯 살 때였다.

큰아들 정필도 총명하나 정훈은 남달랐다. 영특한 건 물론이고 공부에 대한 욕심도 많았다. 어디에서 듣고 왔는지 경성에 있는 신식 학교에 보내 달라고 밤낮으로 성화를 부렸다. 보수적인 아버지도 결국은 승낙하지 않을 수 없었다.

정훈이 경성으로 갈 꿈에 부풀어 있을 무렵 일제의 폭압에 항거하는 만세 운동이 전국적으로 일어났다. 마을에 그 소식을 가져온 사람은 부보상(등짐장수와 봇짐장수를 통틀어 이르는 말)인 박씨였다.

"훈장님, 제 말 좀 들어 보소. 지금 경성, 평양, 개성은 말할 것도 없고 산골까지 만세 운동이 싹 퍼져 버렸소. 고종 임금이 승하하신 게 실은 일본이 독살한 거라는 소문까지 퍼지면서 성난 민심이 심상치 않소."

지씨도 맞장구를 쳤다.

"이참에 우리도 확 들고일어나 보입시다. 토지조사 사업인지 뭔지만 생각하면 열불이 치솟는다 아입니꺼. 조상 대대로 부치던 우리 땅을 그까짓 종이 쪼가리 하나 안 냈다고 하루아침에 빼사 가다니 천하에 몹쓸 도적놈들이 아이고 뭡니꺼?"

박씨가 결연한 표정으로 말했다.

"맞습니다. 일본 놈들이 우리 조선 땅을 차지하고 주인 노릇 하는 꼴 더는 못 보겠소. 우리도 합시다. 만세 운동."

"일본 놈들이 가만있지 않을 긴데, 위험해지는 건 아닙니꺼?"

어머니가 아버지의 눈치를 살피며 조심스럽게 묻자 아버지가 굳은 얼굴로 대답했다.

"우리 자식들한테 치욕스러운 노예의 삶을 물려줄 수는 없다 아이가. 위험하더라도 나서야제. 최대한 평화적인 방식으로 만세를 부릅시더."

정필은 눈을 감았다. 만세 운동 행렬의 맨 앞에 선 아버지가 태극기를 흔들며 '대한 독립 만세'를 목 놓아 외치던 모습이 생생하게 떠올랐다.

"대한 독립 만세!"

하지만 일제 경찰은 총칼로 맞섰다.

"이 천하에 무도한 놈들아, 맨손으로 만세를 부르는 사람들에게 총을 겨눠!"

"이놈이 주동자다, 발포!"

탕, 탕, 탕.

아버지가 붉은 피를 쏟아 내며 쓰러졌다.

"여보!"

"이놈들아, 우리 아부지 살려 내!"

달려드는 정필에게 몽둥이세례가 무자비하게 쏟아졌다. 아들에게 쏟아지는 뭇매를 막으려고 몸을 던진 어머니는 결국 그대로 정신을 놓고 말았다. 정훈이 울면서 어머니에게 매달렸다.

"끌고 가!"

정필은 그 길로 끌려가 옥살이를 하게 되었다.

"형! 어무이가 이상하다."

회상에 잠겨 있던 정필은 정훈의 외침에 눈을 번쩍 떴다. 어머니는 눈을 부릅뜨고 힘겹게 입을 열었다.

"정…… 필아! 후, 훈이를…… 부탁한데이."

"어무이!"

어머니는 그대로 눈을 감았다. 형제는 어머니를 부여잡고 하염없이 울었다.

바람이 몹시 불던 날이었다. 소박하기 짝이 없는 장례를 치르고 어머니를 산에 묻고 내려가는 길이었다.

박씨가 정필의 옆에 와 섰다.

"네 아버지 그리 돌아가시고 이제 어머니까지……. 이게 다 내 탓 같아 너를 볼 면목이 없구나."

"극악무도한 일본 놈들 탓이지 왜 아재 탓입니꺼."

"내가 그놈의 만세 운동 소식만 전하지 않았어도……."

"아재가 전하지 않았어도 아부지는 우짜든동 만세 운동에 나섰을 낍니더."

박씨가 정필의 어깨에 손을 얹고 힘주어 말했다.

"정필아, 정훈이 데리고 같이 일본으로 가자."

"예? 갑자기 그게 무슨 말씀입니꺼?"

"왜놈들이 토지조사 사업을 한답시고 우리 조선인들 땅을 강제로 빼앗더니 이제는 엄청난 양의 쌀을 일본으로 실어 보내고 있어. 왜놈들은 우리 조선인들한테서 마지막 땀 한 방울, 피 한 방울까지 남김없이 빨아먹고 말 작정인 게야. 그러니 여기 살면 평생 왜놈들 노예 노릇밖에는 할 게 없다. 차라리 일자리가 많은 일본으로 가자. 얼마 전부터는 여행 증명서가 없어도 갈 수 있게 되어 부보상들도 많이 건너가더구나. 너하고 나 둘이 죽도록 일하면 정훈이 하나 공부 못 시키겠냐. 너도 너지만 정훈이 녀석 저러고 있는 걸 보면 내가 먼저 가신 너희 아버지 뵐 면목이 없어서 그런다."

정필은 앞서가는 정훈의 축 처진 왜소한 어깨를 바라보았다. 지게꾼 노릇을 하며 정훈의 눈동자는 총명한 기운을 잃은 채 분노의 불길만 이글거렸다. 정훈을 부탁한다는 어머니의 유언도 떠올랐다.

'그래, 적에게 배워 힘을 기르자. 그리고 그 힘으로 적을 무찌르자.'

정필은 박씨를 쳐다보며 고개를 끄덕였다.

얼마 뒤, 정필과 정훈 형제와 부보상 박씨, 그리고 지씨네 세 식구까지 여섯 사람은 부산에서 시모노세키로 가는 관부 연락선에 올랐다.

붕, 붕.

마침내 출발한 배가 현해탄을 건널 때, 정필은 정훈의 손을 굳게 잡았다.

"훈아, 형이 약속한다. 돌아가신 부모님 몫까지 니 뒷바라지할 끼다. 그러니 공부 열심히 해라, 알았제?"

정훈은 기쁨과 걱정이 뒤섞인 얼굴로 형의 손을 꼭 맞잡았다.

마에다 린, 2023년 도쿄

"할머니가 살던 집에 가 볼래요."

저녁 식탁에 앉자마자 린이 던진 말에 엄마는 눈살을 잔뜩 찌푸렸다.

"거긴 뭐 하러?"

"가 보고 싶어요."

린의 말투는 평소답지 않게 사뭇 도전적이었다. 엄마가 못마땅한 얼굴로 말했다.

"내일모레 유품 정리사가 갈 거야. 알아서 다 정리해 줄 테니 넌 신경 쓸 필요 없어."

린은 할머니 집 열쇠가 어디 있는지 알고 있었다. 장례식을 마치고 온 날 밤에 엄마가 직원에게 받은 열쇠를 화장대 서랍에 넣는 걸 봐 두었다.

엄마가 잠들 때까지 기다렸다가 린은 살금살금 엄마 방으로 들어가 화장대 서랍을 열었다. 열쇠와 주소가 적힌 메모지가 나란히 놓여 있었다. 유품 정리사에게 전해 주려고 준비해 둔 모양이었다. 린은 기척이 나지 않게 조심하며 열쇠와 메모지를 꺼내 들고 방을 나왔다. 심장이 마구 쿵쾅거렸다.

이튿날 린은 일찍 일어나 아침을 먹는 둥 마는 둥 부지런히 집을 나섰다. 책가방을 들고나오긴 했지만 학교에 가려는 것은 아니었다. 린이 엄마 말을 거스르고 학교에 결석하는 것은 상상조차 못 할 일이었다. 하지만 할머니가 남긴 마지막 흔적을 누군지도 모르는 유품 정리사가 모조리 치워 버린다고 생각하니 도저히 참을 수가 없었다.

새벽까지 내리던 비가 그치고 하늘이 맑게 개었다. 거센 빗줄기가 팔월 말의 텁텁한 공기까지 모조리 쓸어 간 것 같았다. 린은 청량한 공기를 한껏 들이마시고 발걸음을 재촉했다. 할머니 집이 있는 스미다구로 가려면 버스를 타고 전철로 갈아타야 했다.

정류장으로 걸어오는 동안 린은 할머니 집 열쇠와 주소가 적힌 메모지가 잘 들어 있는지 몇 번이나 주머니를 만져 보았다. 할머니 집을 잘 찾을 수 있을까? 그곳에서 과연 무엇을 발견하게 될까? 혹시 아무것도 찾을 수 없으면 어쩌지. 온갖 걱정과 두려움이 린의 머릿속을 가득 메웠다. 린은 초조한 마음을 애써 억누르려 눈을 감고 깊이 심호흡을 했다.

그때 누군가 린의 어깨를 손가락으로 톡톡 쳤다. 린은 화들짝 놀라 뒤를 돌아보고는 그대로 얼음이 되고 말았다. 어깨에 커다란 스포츠 가방을 멘 하루가 서 있었다. 하루는 특유의 무심한 표정으로 열쇠를 내밀었다. 할머니 집 열쇠였다.

"앗, 언제 떨어졌지? 큰일 날 뻔했네."

린은 소스라치며 열쇠를 얼른 건네받았다.

"고마워, 진짜 고마워."

린은 벌겋게 달아오른 얼굴로 허리까지 굽혀 가며 연신 인사했다. 그러거나 말거나 하루는 손에 들고 있던 문고판 추리소설로 눈길을 돌렸다.

"근데 저기."

린이 손가락으로 하루의 발을 가리켰다. 운동화 밑에 하얀 종이가 깔려 있었다. 열쇠와 함께 떨어뜨린 게 분명했다. 하루가 발을 들자 빗물에 흠뻑 젖어 버린 메모지가 모습을 드러냈다. 글자가 온통 번져 알아볼 수 없게 된 걸 보고 린은 울상이 되었다.

"어쩌지? 주소를 아직 못 외웠는데."

하루는 약간 성가신 기색이었지만 발을 동동 구르는 린을 외면하지는 않았다.

"뭔데 그래?"

린은 돌아가신 할머니의 집을 찾아가는 길이라고 말했다. 사정을 설명하다 보니 어린 시절 할머니와 헤어져 도쿄로 오게 된 이야기부터 할머니가 돌아가시면서 남긴 편지까지 구구절절한 사연을 두서없이 늘어놓게 되었다.

"할머니 집에 가 보면 뭔가 단서를 찾을 수 있지 않을까 해서."

린은 머리를 긁적이며 멋쩍게 웃었다.

"히, 이야기가 너무 길었다!"

그러나 하루는 웃지 않았다. 오히려 진지한 얼굴로 눈을 반짝였다.

"그 편지 좀 보여 줄 수 있어?"

하루는 편지를 읽고 또 읽었다. 그러는 동안 학교로 가는 버스가 왔다.

"얼른 타! 너 학교 가야지."

하루는 들고 있던 추리소설을 가방에 넣으며 고개를 저었다.

"아니, 나도 갈래. 모처럼 흥미로운 일이 생겼는데 놓칠 순 없지."

그때 전철역으로 가는 버스가 뒤따라 도착했다.

"가자!"

린은 어리둥절한 채로 하루의 뒤를 따라 버스에 올랐다. 하루가 초등학교 때부터 추리소설에 푹 빠져 있다는 건 알고 있었지만, 이런 일에 결석까지 해 가면서 동행해 주리라고는 상상도 하지 못했다. 린은 뜻밖의 행운에 들떠 발걸음에 절로 힘이 실렸다.

전철을 타고 가는 내내 린은 제 뺨을 꼬집어 보고 싶은 충동을 간신히 참아야 했다. 늘 먼 발치에서 바라보기만 하던 하루가 바로 옆에 있다는 것이 마냥 신기했다. 전철이 덜컹거릴 때마다 하루의 스포츠 가방에 매달린 개구리 열쇠고리가 이리저리 흔들리며 혀를 쏙 내밀었다 넣었다 했다.

"이거 진짜 웃겨!"

린은 웃음이 터져 버렸다. 그런데 하루는 린을 빤히 보며 떨떠름한 표정을 지었다. 린은 그만 머쓱해져서 창밖으로 눈길을 돌렸다. 잠시 뒤에 하루가 건조한 말투로 말했다.

"할머니가 사시던 곳이 장례식장 근처라고 했지? 거기에 가면 기록이 있을 거야. 아마 주소도 알 수 있을 테고."

린은 대답 없이 고개만 끄덕였다.

둘은 전철에서 내려 장례식장을 찾아갔다. 린에게 할머니 편지를 전해 준 직원을 찾아 부탁하니 흔쾌히 주소를 알아봐 주었다. 린은 일이 술술 풀리는 것 같아 마음이 들떴다.

할머니가 살던 동네는 완만한 오르막길을 따라 이층집들이 줄지어 늘어서 있는 주택가였다. 아침 해가 쨍쨍 내리쬐어 하루는 연신 손으로 부채질을 하며 걸었다.

"이제 곧 구월인데 여전히 한여름 날씨네."

린도 이마를 타고 흐르는 땀을 닦았다. 무심코 옷소매를 걷어 올리던 린은 멈칫하며 소매를 다시 내렸다. 그 모습을 본 하루가 성큼성큼 다가와서는 미처 말릴 틈도 없이 린의 긴소매를 쓱쓱 걷어 올렸다. 흉한 화상 자국이 그대로 드러났다.

당황하는 린에게 하루는 부러 퉁명스럽게 말했다.

"야, 아무도 안 봐."

린은 아무 말도 하지 못하고 그 자리에 우두커니 서 있었다. 하루가 뒤를 휙 돌아보며 냅다 소리쳤다.

"그리고 좀 보면 어때서? 그까짓 흉터가 뭐라고."

하루의 말이 린의 가슴을 뭉클하게 했다.

초등학교 때, 교실에서 무심코 소매를 걷었다가 벌어진 소동이 떠올랐다. 늘 붙어 다니던 단짝 미오리가 꺅 소리를 질렀다.

"미안, 너무 놀라서."

미오리는 미안하다고 하면서도 린의 옆자리에서 일어나 슬금슬금 뒷걸음질을 쳤다. 징그럽긴 하지. 내가 봐도 그런걸. 린은 그렇게 생각하면서도 못내 서운한 마음을 감출 수 없었다. 하지만 문제는 거기에서 끝나지 않았다.

린은 얼른 소매를 내렸지만 그만 반에서 가장 짓궂은 타케루의 눈에 띄고 말았다.

"뭐야, 린 짱. 너 알고 보면 에반게리온, 뭐 그런 거였냐?"

쩌렁쩌렁한 타케루의 목소리에 반 아이들이 하나둘 모여들기 시작했다.

"좀 보여 줘 봐, 혹시 숨겨 놓은 초능력이라도 있는 거 아냐?"

타케루는 낄낄거리며 린의 소매를 억지로 걷으려 했다. 아이들은 호기심 어린 눈길로 바라볼 뿐, 누구 하나 나서서 도와주려

하지 않았다. 그때 타케루의 뒷덜미를 덥석 잡아챈 아이가 바로 하루였다. 하루는 타케루의 멱살을 잡은 채로 눈을 부릅뜨고 말했다.

"그만해라. 그까짓 흉터가 뭐라고."

타케루는 분해서 씩씩거렸지만 저보다 한 뼘은 큰 하루 앞에서 더는 대거리를 하지는 못했다. 타케루는 하루가 교실 구석 자리로 돌아가자 그제야 분한 얼굴로 중얼거렸다.

"쳇, 가이진(외국인을 낮잡아 부르는 말) 주제에."

아이들은 흥미를 잃은 듯 흩어져 버렸고, 미오리는 하트 눈을 하고서는 "하루 멋지다!"라는 말을 되풀이했다.

"너, 하루랑 친했어?"

미오리의 물음에 린은 고개를 저었다. 같은 반이지만 말 한마디 섞어 본 적 없는 사이였다. 하루는 늘 부루퉁한 얼굴로 맨 뒷자리에 앉아 추리소설이나 뒤적일 뿐, 좀처럼 아이들과 어울리려 하지 않았다.

중학교에 와서 하루를 다시 같은 교실에서 만났을 때 린은 반가움에 눈물이 핑 돌 정도였다. 하지만 하루는 여전히 물 위에 뜬 기름처럼 반에서 겉돌았고, 린에게는 눈길조차 주지 않았다. 그래, 나 따위를 기억할 리가 없지. 린은 금방 체념하고 말았지만, 자꾸만 신경이 쓰이는 것까지는 어쩔 수 없었다.

그런데 잊지 않고 있었던 걸까? 하루가 날 기억하고 있었던 걸까? 린은 봄바람이 살랑이는 것처럼 마음 한구석이 간질거렸다.

"여기 같은데?"

하루가 멈춘 곳은 아담한 공터를 옆에 둔 작은 단층집 앞이었다. 린은 조심스럽게 열쇠로 문을 열고 안으로 들어갔다.

집 안 곳곳에 못내 그리워하던 할머니 냄새가 배어 있었다. 린은 눈을 감고 천천히 음미하듯 냄새를 흠뻑 들이마셨다. 린의 눈에는 금세 눈물이 고였다.

"실례합니다."

하루는 현관에 서서 두 손을 앞으로 모아 공손히 인사했다. 집 안에는 이부자리와 낮은 책상과 옷장이 하나씩 있을 뿐, 살림살이가 단출하기 짝이 없었다. 하루는 천천히 집 안을 둘러보다가 책상 위에 놓인 사진을 보고 말했다.

"너, 할머니랑 많이 닮았네."

사진 속에는 갈래머리를 한 조그만 린을 꼭 끌어안은 할머니가 인자하게 웃고 있었다. 린은 사진을 쓰다듬다가 이내 주저앉아 훌쩍였다.

"할머니……."

할머니 곁을 떠나 도쿄로 온 뒤 오랫동안 린은 밤마다 울면서 할머니를 찾았다. 엄마가 안고 달래 주었지만, 할머니의 냄새와 따뜻한 촉감을 대신할 수는 없었다. 어린 린에게 세상 전부였던 할머니, 그 곁을 갑자기 왜 떠나야만 했는지, 큰 화상을 입은 사고는 어떻게 일어난 건지, 할머니는 왜 한 번도 린을 보러 오지 않은 건지. 게다가 이상한 편지까지……. 할머니와 관련된 일은 그때나 지금이나 의문투성이로 남아 있었다. 할머니에게 말 못 할 사정이 있었다고, 린은 어렴풋이 짐작할 뿐이었다.

"린!"

하루가 조심스럽게 린을 불렀다.

"미안하지만, 이걸 좀 봐."

린은 울음을 그치고 하루에게 다가갔다.

"책상 서랍에 있었어."

하루는 공책 반만 한 크기의 검은 수첩을 내밀었다. 수첩은 제법 두툼했다. 한 장씩 넘겨 보니 페이지마다 날짜와 함께 할머니의 글씨가 빼곡하게 적혀 있었다.

"일기인가?"

린은 고개를 갸웃거리며 맨 앞 장으로 돌아갔다. 첫 페이지에는 빛바랜 종이 한 장이 붙어 있었다. 그런데 그건 한눈에도 할머니 글씨체가 아니었다.

나는 당신을 찾기 위해 살아왔고, 당신을 지우지 못해 죽어 갑니다.

당신과 한 약속을 끝내 지키지 못해 미안합니다.

          - 1960년 9월 3일, 히데코

몇 번이고 다시 읽어 보아도 도무지 무슨 뜻인지 알 수 없었다. 수첩에 남겨진 글을 다 읽으면 할머니에게 어떤 사연이 있는 건지 알게 될까. 그러면 돌아가실 때까지 린을 찾지 않았던 할머니를 이해할 수 있을까.

린은 두려운 마음도 들었지만, 할머니의 비밀을 꼭 알아내고야 말겠다고 생각했다. 그것이 할머니를 위해 자신이 지금 할 수 있는 유일한 일이라는 생각이 어렴풋이 들었기 때문이다.

린은 할머니가 남긴 수첩을 소중히 품에 안았다.

양정필, 1923년 도쿄

동트기 전부터 퍼붓던 비는 그쳤지만 여전히 하늘은 잔뜩 흐린 날이었다. 습기를 머금은 후덥지근한 공기 때문에 아라카와 방수로 공사장에서 일하는 인부들의 이마와 등줄기에서는 굵은 땀방울이 쉴 새 없이 흘러내렸다.

지씨가 어깨에 메고 가던 철근을 던지듯 내려놓으며 털썩 주저앉았다.

"어이구, 내 도가니 다 나간데이. 우라질, 날이 꾸물거리니 더 쑤시네."

지씨가 성치 않은 다리를 두드렸다. 함께 일하던 장 노인이 말을 이어받았다.

"오늘도 어김없이 젤로 힘든 작업은 우리 조선인들 몫이구먼. 품삯이라고는 일본 놈들 반밖에 안 주면서 위험한 작업은 죄다 우리 차지니, 원!"

박씨가 주위를 힐끔거리며 곁에 다가와 쭈그려 앉았다.

"애초에 그러려고 여행 증명서도 없애 줘 가며 우릴 일본에 오게 한 거 아닙니까. 조선인들이야 급료를 쥐꼬리만큼 줘도, 일하다 몇 명쯤 죽어 나가도 누가 뭐라 할 사람도 없으니. 이런 게 다 나라 잃은 설움이지요."

정필은 땀으로 푹 젖은 머릿수건을 고쳐 맨 뒤 묵묵히 철근을 날랐다. 지씨가 안타까운 듯 정필을 불렀다.

"야야, 니도 눈치 봐 가매 살살 해라. 그러다가 몸 상하면 니만 손해데이. 며칠 전에 철근 더미 무너졌을 때 그 밑에 깔린 김씨 말이다, 다리를 아예 못 쓰는 병신이 됐다 아이가. 그나마 명이라도 붙어 있으니 다행이라 캐야 할지. 여서 일하다가 죽어 나간 목숨도 어지간히 많다 카이."

"보상은 한 푼도 못 받았습니꺼?"

정필의 물음에 장 노인은 코웃음을 쳤다.

"보상이 다 뭐냐. 그동안 일한 값도 제대로 못 받고 그냥 내쳐지는 거지. 조선으로 돌아갈 여비도 없을 텐데, 그 몸으로 이 험한 땅에서 어찌 살아갈지, 원!"

그때 일본인 노동자 한 무리가 다가왔다. 유카타를 걸친 험악한 인상의 남자가 욕을 하며 일하고 있는 조선인 노동자를 툭툭 건드리고 발로 찼다. 조선인 노동자들은 제대로 대거리도 하지 못하고 당하기만 할 뿐이었다. 그 모습을 본 박씨 일행은 재빨리 일어나 다시 철근을 나르기 시작했다.

"자네는 일본말 좀 하지? 저 새끼들 뭐라는 거야, 지금?"

장 노인이 박씨에게 소곤거렸다.

"게으르고 멍청한 조선인 어쩌고 하면서 괜히 트집 잡는 거지요, 뭐."

"내가 저놈들 지랄하는 소리 듣기 싫어서라도 왜놈 말은 끝까지 안 배울 거야. 위험하고 힘든 일은 우리가 도맡아 해 주는 덕에 저희는 편한 일만 하면서 왜 저런대, 저것들은?"

"조선인들이 들어와 싼값에 일하니 자기들 일자리를 빼앗는다고 저러는 거지요."

지씨도 기가 막혀 못 견디겠다는 듯 박씨 말을 자르고 끼어들었다.

"내가 여기 오고 싶어 왔나. 조선에서 농사짓고 잘살고 있는 우리한테서 땅 빼사, 쌀 빼사 먹고살 수가 없게 만든 게 누군데? 안 그렇십니꺼, 성님?"

"저들이야 알 바 아니지. 그저 자기 밥그릇 챙기는 것밖엔 모르는 자들인걸."

"서럽다, 서러워. 고향 생각만 나는구나."

장 노인의 한탄에 박씨가 웃으며 대꾸했다.

"일본인이라고 꼭 나쁜 사람만 있는 건 아니잖아요. 우리 하숙

집 주인 부부는 얼마나 친절하다고요. 고향 떠나 객지에서 남자들끼리 산다고 음식도 나눠 주고."

"맞네, 그런 사람들도 있으니 이 땅에서도 버티고 사는 게지."

장 노인의 말이 끝나자 이번에는 박씨가 묵묵히 일만 하는 정필에게 물었다.

"정훈이는 학교 잘 다니고 있냐? 일본말 익히랴, 공부 따라가랴 여간 어려운 게 아닐 텐데."

"새벽까지 코피 터져 가며 열심히 한다 하데예."

"아무렴, 형이 저 공부시키겠다고 이 고생을 하는데 열심히 해야지."

장 노인이 알은체하자 지씨도 나섰다.

"정훈이가 우리 마을에서 아주 유명한 수재지예, 알아서 잘할 겁니더."

"나도 고향에 있는 자식들 생각하며 여태껏 버텼다네. 하루하루 견디다 보니 어느새 9월이구먼. 이제 고향으로 돌아갈 날도 얼마 안 남았어."

장 노인이 어깨에 철근을 올린 뒤 끙 힘을 쓰며 일어섰다. 박씨가 주변을 둘러보며 말했다.

"점심때 다 돼 가니 좀만 더 힘을 냅시다."

그때 갑자기 땅이 위아래로 크게 흔들렸다. 여기저기에서 철근을 짊어진 사람들이 휘청이다가 맥없이 쓰러졌다. 정필도 순간 어지럼증을 느끼며 중심을 잃고 땅에 내리꽂히듯 엎어지고 말았다. 바닥이 위아래로, 이내 좌우로 크게 출렁이듯 들썩였다. 일어나려고 애를 써 봐도 속이 울렁거리고 어지러워 도저히 일어날 수가 없었다.

"어어, 조심해!"

철근 더미가 와르르 무너져 내렸다. 모래를 가득 싣고 달리던 차가 옆으로 뒤집히자 쏟아진 모래가 갈라진 땅 틈으로 빠르게 스며들었다. 날아온 철근에 맞아 뒹구는 사람, 쏟아진 모래 더미에 갇힌 사람……. 공사 현장은 순식간에 아수라장으로 변했다. 점심밥을 준비하던 천막에서는 불길이 치솟고 있었다. 몸에 불이 붙은 사람들이 울부짖으며 바닥을 뒹굴었다.

"다이신사이(대지진이다)!"

누군가 큰 소리로 외쳤다. 엎어져 있던 사람들이 일어나 한 방향으로 우르르 달려가기 시작했다. 장 노인이 다급하게 물었다.

"뭐여, 이것이?"

"지진이 났다잖아요! 우리도 어서 여길 벗어나야 해요."

일행은 사람들을 따라 정신없이 공사 중인 둑 위로 뛰어 올라갔다. 둑에서 바라본 시가지의 모습은 처참했다. 무너져 내린 건물마다 시뻘건 불길이 치솟고 있었다. 거센 바람을 타고 불꽃이 이리저리 옮겨붙어 불길은 계속 번져 갔다. 시꺼먼 그을음이 날아다니는 속에 쓰러져 있는 사람들의 고통에 찬 신음이 둑 위까지 들려오는 듯했다. 도로가 끊기고 선로에서 튕겨 나온 전차가 옆으로 쓰러져 있는 모습도 눈에 들어왔다. 극도의 혼란 속에서 간신히 목숨을 건진 사람들은 우왕좌왕하며 살길을 찾아 도망치고 있었다. 마치 지옥도의 한 장면 같은 모습에 모두 할 말을 잃고 말았다.

"도대체 이게 뭔 난리래."

"일본은 지진이 잦다고는 들었지만 이렇게까지 큰 놈을 만날 줄은 몰랐네요."

"우리 조선 땅에서 살 때는 한 번도 이런 일이 없었는데. 이놈의 나라는 참말로 몹쓸 것 천지구먼. 어째 땅덩어리까지 이 모양이여."

장 노인이 탄식했다. 지씨와 정필은 아까부터 불타는 시가지를 바라보며 발을 동동 구르고 있었다.

"아이고, 우리 연이하고 마누라는 우째 됐는지. 마누라는 홀몸도 아닌디 진짜로 답답해서 죽겠네."

지씨가 한걱정하자 정필이 벌떡 일어섰다.

"아무래도 가 봐야겠어예."

박씨가 정필의 팔을 붙잡았다.

"지금 저 불바다로 뛰어들겠다는 거냐? 정훈이 학교 기숙사까지 가려면 기차를 타야 하는데 이 난리 통에 기차가 다닐지도 알수 없는 일이고."

박씨가 지씨의 등을 토닥이며 말을 이었다.

"시내에서 피난민들이 불을 피해서 밀려올 테니 아주머니도 연이 데리고 이리로 피신해 올 걸세. 좀 기다려 보자고."

지씨가 울먹였다.

"식구가 살아도 같이 살고, 죽어도 같이 죽어야 허는디."

박씨가 말한 대로 시간이 흐르면서 피난민들이 둑으로 꾸역꾸역 올라왔다. 정필 일행은 밀려드는 피난민들 사이를 정신없이 오가며 연이 모녀를 찾아다녔다. 피난민들은 갑작스러운 재난에 모두 넋이 나간 얼굴이었다. 여기저기 찢기고 다치거나 화상을 입은 사람도 많았다. 솥이나 쌀을 안고 있는 이들도 더러 있었지만, 대부분은 맨몸으로 다급하게 뛰쳐나온 사람들이었다.

헤어진 가족을 애타게 부르는 사람, 불타는 시가지를 망연자실 바라보며 주저앉아 울부짖는 사람, 피가 철철 흐르는 팔이나 다리를 부여잡고 약을 달라고 소리치는 사람, 목이 쉬도록 울면서 엄마를 찾는 아이……. 지옥이 따로 없었다.

끔찍한 모습을 보며 정필은 속이 새까맣게 타들어 갔다.

'훈아, 니 무사한 거 맞제?'

정필은 품에 손을 넣어 안주머니에 든 물건을 만지작거렸다. 노을이 처참한 풍경을 더욱 붉게 물들이고 있었다.

마에다 린, 2023년 도쿄

2018년 4월 28일

오늘은 다시 마음이 처지는 날이다.

내 이야기를 들으면 다들 헛웃음부터 짓는다.

아라카와강 둔치에 나가 산책을 했다. 이 넓은 강가를 누군가 헤매며 물에 빠뜨린 동전을 찾고 있다면? 열심히 노력해 보세요, 언젠가는 찾을 수 있을 거예요. 나라면 그렇게 말해 줄 수 있을까? 그런데 그 사람이, 실은 동전을 빠뜨린 건 백 년 전의 일이에요, 라고 한다면?

2018년 5월 3일

실낱같은 희망이 생겼다. 성씨가 같다고 해서 가족이라는 보장은 없다. 그쯤은 알고 있다. 그래도 혹시나 이번에는……

2018년 5월 7일

어렵게 약속을 잡아 기차를 몇 시간이나 타고 먼 길을 다녀왔다. 하지만 이번에도 아니었다. 어젯밤에도 끔찍한 악몽에 시달렸다.

침대에 엎드려 할머니 수첩을 넘겨 보다가 린은 멈칫했다. '끔찍한 악몽'이라는 글자에서 눈을 뗄 수 없었다. 서늘하고 오싹한 기운이 등줄기를 타고 올라왔다. 어젯밤에도 어김없이 그 꿈이 린을 찾아왔다. 칠흑 같은 어둠 속에서 뾰족하고 날카로운 빛이 찌를 듯 달려드는 바람에 식은땀을 흘리며 잠에서 깨어났다.

할머니의 부고를 들은 뒤로 똑같은 악몽에 시달리고 있었다. 그런데 할머니도 나처럼 악몽을 꾸었던 걸까?

불길한 예감으로 떨리는 마음을 애써 가라앉히며 다음 구절을 천천히 읽어 내려갔다.

오늘도 잠들기가 두렵다. 하지만 진짜 두려운 것은 따로 있다. 티 없이 맑은 니나 짱이 나를 대신해 이 무거운 굴레를 짊어지게 되면 어쩐단 말인가. 어떻게 해서든 그것만은 막아야 한다.

정말 할머니의 악몽이 나한테 전해졌단 말인가? 어떻게 그런 일이 있을 수 있지? 게다가 할머니는 그렇게 될 걸 이미 알고 있었다고?

린은 두려운 마음 한편으로 뭉클한 감정이 울컥 솟아올랐다. 밤마다 무서운 꿈에 시달리는 게 좋을 리가 없지만 할머니와 인연의 끈으로 이어져 있다는 사실이 할머니를 영영 잃어버린 린의 마음을 조금이나마 위로해 주는 느낌이었다.

2022년 9월 1일

이번에는 꽤 오래 입원해 있어야 했다. 이제 내게 남은 시간이 별로 없다. 의사 말로는 뇌로 가는 혈관이 딱 하나 남았다고 한다. 이것마저 터지거나 막혀 버리면 내 삶은 끝나는 거라고. 그날이 언제가 될지 모르지만 어떻게 해서든 그 전에 찾아야만 한다. 영겁의 고통에 시달리고 있는 그를 위해, 그리고 사랑하는 니나 짱을 위해.

이 구절을 보자 수첩 맨 앞 장에 붙어 있던 글귀가 퍼뜩 떠올랐다. 린은 얼른 수첩을 넘겨 보았다.

나는 당신을 찾기 위해 살아왔고, 당신을 지우지 못해 죽어 갑니다.

그 글을 쓴 히데코라는 사람처럼 할머니도 누군가를 찾고 있던 걸까. 그가 대체 누구이기에 그토록 간절히 찾았던 걸까. 골똘히 생각해 본들 답이 나올 리 없었다. 린은 답답하기만 했다.

그때 퇴근한 엄마가 현관문을 열고 들어오는 소리가 들렸다. 곧이어 방문이 벌컥 열렸다.

"린! 도대체 어떻게 된 거니? 학교는 왜 안 갔어? 선생님 전화 받고 엄마가 얼마나……."

엄마는 말문이 막힐 정도로 놀란 게 틀림없었다.

"이, 이게 뭐니?"

"불단이에요. 할머니 집에서 가져왔어요."

린의 담담한 대답에 엄마 얼굴이 잔뜩 일그러졌다.

"뭐? 기어이 거길 다녀왔단 말이야? 학교도 안 가고!"

"내일 유품 정리사가 가면 없애 버릴 거잖아요. 이건 시골집에 살 때부터 있었던 거예요. 태워 버리게 둘 순 없어요."

엄마는 험악한 얼굴로 팔짱을 꼈다.

예전에는 조상의 위패를 모시는 불단이 집집이 있었다지만 요즘에는 두지 않는 집도 많다. 엄마는 이전부터 "조상님이 밥 먹여 준대?"라는 말로, 불단에 관한 자신의 입장을 확실히 해 왔다. 엄마의 관심사는 언제나 미래였지 과거가 아니었다. 가뜩이나 할머니를 좋아하지 않았던 데다가 린이 학교까지 빠지고 몰래 불단을 가져왔으니, 엄마의 불호령은 불을 보듯 뻔한 일이었다.

그래도 린은 무거운 불단을 끙끙거리며 기어이 집으로 가져왔다. 불단을 보자 새벽마다 할머니가 그 앞에 앉아 경건히 기도드리던 모습이 어제 일처럼 또렷이 떠올라 차마 그대로 두고 올 수가 없었다. 부스스 일어난 린이 "할머니 뭐 해?"라고 물으면, 할머니는 손가락을 입술에 갖다 대며 이렇게 말하곤 했다.

"쉿, 지금은 돌아가신 분과 대화하는 중이니 조용히 해야 해."

지금 생각해 보면 으스스한 말이었지만 할머니의 얼굴은 여느 때와 다름없이 평온하고 다정해서 린은 무서운 느낌은 전혀 들지 않았다.

"그래도 집에 두는 건 절대 안 돼. 이따 엄마가 다시 가져다 놓을 거니까 그리 알아."

엄마는 단호하게 말하고는 방문을 쾅 닫고 나가 버렸다.

린은 침대에 엎드린 채 머리맡에 둔 불단을 쓰다듬었다. 할머니의 손때 묻은 불단을 쓰다듬고 있자니 꼭 할머니를 만지는 것 같았다. 이대로 불단을 빼앗길 수는 없다. 린은 손톱을 잘근잘근 씹으며 안절부절못하다가 하루에게 휴대전화 문자로 상황을 알렸다. 오래 지나지 않아 답이 날아왔다.

"절에 기증하겠다고 하면 어때? 우리 외할머니 돌아가셨을 때도 그렇게 했어."

린은 하루의 답장에 눈물이 찔끔 날 정도로 기뻤다. 하지만 곧 또 다른 걱정에 빠졌다. 무거운 불단을 어떻게 옮긴담? 할머니 집에서 가져올 때도 하루가 없었다면 혼자서는 엄두를 못 냈을 것이다. 그때 다시 문자가 왔다.

"지금 너희 집으로 가고 있으니까 가지고 나와."

린은 용수철이 튀어 오르듯 자리에서 벌떡 일어났다. 불단을 가지고 방을 나가려다 린은 멈칫했다. 불단을 내려놓고 침대 위에 둔 검은 수첩을 얼른 주머니에 넣었다. 엄마 눈에 띄면 수첩도 내다 버릴지 모른다. 린은 끙끙대며 불단을 끌어안고 방을 나섰다.

거실에서 뜨개질하던 엄마는 매서운 눈초리로 못마땅한 심기를 드러냈다. 하지만 절에 기증하게 해 달라는 린의 부탁은 결국 들어주었다.

린이 문밖으로 나서자 멀리서 뛰어오는 하루가 보였다. 하루는 거친 숨을 몰아쉬며 린이 끌어안고 있는 불단을 함께 들어 주었다.

"절에서 받아 줄까?"

"부탁해 봐야지."

하루의 시원시원한 대답에 린은 마음속이 다 환해지는 느낌이었다. 어둑한 길을 하루와 함께 걸으니 기분이 몽글몽글해졌다.

"근데 여기 자물쇠가 채워져 있네? 보통 불단은 그냥 열어 두지 않나? 할머니가 전에도 자물쇠를 채워 두셨어?"

린은 고개를 갸웃거렸다.

"오래전이라 기억이 안 나."

"한번 열어 볼까?"

"열쇠도 없는데 어떻게?"

"내가 철물점 할아버지랑 친하거든. 절단기를 빌려주실 거야."

하루는 불단을 공원 벤치에 올려놓았다.

"금방 다녀올게. 철물점이 바로 이 근처야."

린은 고개를 끄덕이며 벤치에 앉았다. 공원은 인적이 드문 데다 하나뿐인 가로등은 전구가 나갔는지 불이 들어오지 않았다. 구름이 달을 가려 사방은 온통 어둠에 잠겨 있었다. 벤치에 우두커니 앉아 있으려니 한기가 돌며 으스스했다. 린은 잠깐 망설이다가 불단을 벤치 아래에 숨겨 두고 얼른 하루를 불러 세웠다. 캄캄한 곳에 혼자 있을 생각을 하니 간밤에 찾아온 악몽이 떠올라 무서워 견딜 수가 없었다.

린은 쑥스러워서 변명하듯 말했다.

"내가 요즘 날마다 무서운 꿈을 꾸는데⋯⋯."

린은 자신이 꾸는 악몽과 할머니 수첩에서 읽은 내용을 모두 이야기했다. 하루의 눈이 호기심으로 반짝였다. 이야기하며 걷다 보니 금세 철물점 앞에 다다랐다. 린도 지나가며 몇 번 본 적이 있는 곳이었다. 알 수 없는 글자가 쓰인 간판 아래 주인인 듯 보이는 할아버지가 동그란 의자를 내놓고 앉아 있었다.

할아버지는 하루를 보고 대뜸 알아들을 수 없는 말로 소리를 질렀다. 하루가 어깨를 으쓱하더니 중얼거렸다.

"못 말려, 진짜."

어리둥절한 린을 힐끗 보고는 하루가 속삭였다.

"한글 배우러 오라고 만날 잔소리야."

할아버지가 이번에는 린에게 일본말로 물었다.

"조선 사람이 한글을 몰라서야 쓰겠어? 어떻게 생각해, 학생?"

린이 당황해서 어쩔 줄 몰라 하자 하루가 손을 내저었다.

"어휴, 알겠어요. 김 사장님! 내일부터 열심히 배울 테니까 절단기나 좀 빌려주세요."

"절단기는 뭐 하게?"

"쓸 데가 있어서 그래요."

하루는 김 사장과 친한 사이인지 스스럼없이 굴었다. 김 사장도 표정만 무뚝뚝했지, 어디에 쓰려는지 캐묻지도 않고 절단기를 내주었다.

"곱게 쓰고 가져와."

"그럼 곱게 쓰고 가져오지 이걸로 국 끓여 먹을까 봐요?"

김 사장이 너털웃음을 터뜨렸다.

"녀석, 제법 조선 사람처럼 말하는구나."

공원으로 발길을 재촉하며 린이 물었다.

"한국인이신가 봐?"

"응, 사장님 어머니가 아주 꼬마일 때 조선에서 건너오셨대. 사장님은 일본에서 태어나서 평생 여기서 살았으면서 당신은 조선 사람이라고 생각하셔. 조선은 이제 사라진 나라인데도."

하루는 잠시 멈추었다가 말을 이었다.

"그리고 나한테는 아빠가 한국 사람이니까 나도 한국 사람이래. 하지만 우리 엄마는 일본 사람인데."

린은 초등학교 때 타케루를 비롯한 몇몇 아이들이 '가이진'이라며 하루를 집요하게 놀리던 일이 떠올랐다.

"너는 어떤데?"

"뭐가?"

"넌 네가 한국 사람이라고 생각해, 아니면 일본 사람이라고 생각해?"

하루는 어깨를 으쓱해 보였다.

"축구 경기에서 이기는 쪽?"

린은 풋 웃음을 터뜨렸다.

구름이 걷히고 둥근 달이 모습을 드러냈다. 린은 걸음을 멈추고 하늘을 올려다보았다. 유난히 크고 밝은 달이었다.

"슈퍼문인가?"

"그거 알아? 슈퍼문이 뜨면 지구 어딘가에서는 지진이나 화산 폭발 같은 천재지변이 일어난다는 말이 있어."

"정말? 달이 저렇게 예쁘기만 한데."

이윽고 공원에 도착했을 때, 두 사람은 너무 놀라 약속이라도 한 것처럼 동시에 걸음을 멈추었다. 불단을 숨겨 둔 벤치 아래서 황금빛이 번쩍거리며 나오고 있었다. 황금빛은 불단을 둘러싼 주변의 어둠을 찌르기라도 할 것처럼 날카롭게 빛나고 있었다.

린이 눈을 찡그리며 물었다.

"저게 뭐지?"

"나도 몰라."

하루가 멍한 얼굴로 대답했다. 린은 천천히 불단을 향해 다가갔다. 가까이 갈수록 빛은 더 강렬해져 마치 불단에서 황금빛 칼날이 뻗어 나오는 것처럼 보였다. 날카로운 빛이 와락 달려들어 제 눈을 찌를 것만 같아 린은 눈을 뜰 수가 없었다.

곁에 바싹 다가온 하루가 절단기를 들어 보이며 물었다.

"어떻게 할까, 자물쇠?"

린은 심호흡을 크게 하며 가빠진 숨을 가다듬었다. 그리고 마침내 결심한 듯 고개를 끄덕였다.

"열어 보자."

하루가 걱정스러운 눈빛으로 린의 창백한 얼굴을 살폈다.

"너 괜찮겠어?"

린이 턱을 치켜들고 힘주어 말했다.

"할머니의 비밀을 알아내려면 열어야 해."

하루가 알겠다는 듯 고개를 끄덕이고는 절단기로 자물쇠를 끊었다. 자물쇠를 벗겨 낸 린은 숨을 크게 한 번 들이마시고 나서 불단의 문을 양쪽으로 힘껏 열어젖혔다.

황금빛이 폭포처럼 린을 향해 쏟아졌다. 눈이 부셔 얼굴을 잔뜩 찡그린 채 불단 안을 살폈다. 안에는 손톱만 한 크기의 끝이 뾰족하고 날카로운 물건 하나가 덜렁 들어 있을 뿐이었다. 매끄러운 금속 표면에는 잎사귀가 여럿 달린 나뭇가지가 새겨 있고, 가운데 조그만 구멍이 하나 뚫려 있었다.

"만년필 펜촉 같은데?"

하루의 말에 황금빛으로 번쩍이는 물건을 가만히 들여다보던 린은 불현듯 깨달았다. 매일 밤 꿈속에서 어둠을 뚫고 불길하게 번쩍이며 린을 향해 달려들던 선명한 빛, 언뜻 야수의 눈동자처럼 보였던 그것이 바로 이 펜촉이었다는 것을.

린이 손을 뻗어 펜촉을 잡은 순간, 불단에서 쏟아져 나온 강렬한 황금빛이 순식간에 린과 하루를 집어삼켰다. 마치 회오리바람에 휩쓸려 버리듯 비명조차 남기지 못한 채 린과 하루는 불단 속으로 빨려 들어가고 말았다.

양정필, 1923년 도쿄

아라카와 방수로 둑 위로 땅거미가 지더니 이윽고 밤이 깊어 갔다. 정필은 밀려드는 피난민들 틈바구니를 비집고 다니며 헤매 다가 한참 만에야 박씨 일행과 다시 만났다. 둑에서 바라본 시가 지는 여전히 꺼지지 않은 불길이 여기저기에서 넘실대고 있었다. 강풍까지 불어 화재는 진압되기는커녕 점점 더 퍼져 나가는 꼴이 었다. 불길에 그을린 시커먼 함석판이 바람을 타고 무시무시한 소 리를 내며 날아다니는 모습도 보였다.

박씨가 검은 연기로 가득 찬 거리를 바라보며 혀를 찼다.

"쯧쯧, 하필이면 점심때 지진이 나서 식사 준비하던 불이 이리 저리 옮겨붙어 피해가 더 커졌군. 전 재산을 잃은 사람들도 퍽 많 겠어. 우리야 어차피 가진 게 없으니 잃을 것도 없지만."

지씨가 목소리를 낮추었다.

"솔직히 한편으로는 고소하기도 하네예. 그동안 이놈들이 우리 것을 수도 없이 빼사 간 걸 생각하면 말이지예."

"난 외려 걱정이네."

"걱정이라니 뭐가예?"

"많은 걸 잃어버린 사람들은 엉뚱한 곳에라도 화풀이하고 싶어지기 마련이니……."

박씨는 말끝을 흐렸다. 정필은 타오르는 불길을 뚫어져라 쳐다보고만 있었다. 화재를 피해 도망쳐 온 사람들은 시간이 갈수록 늘어만 갔고, 둑은 발 디딜 틈도 없이 북적거렸다. 공포와 불안, 분노가 뒤섞인 두려움이 피난민들 사이에서 전염병처럼 떠돌았다.

"더 큰 지진이 올 거라는군."

"우린 언제 집에 돌아갈 수 있는 거예요?"

"시나가와는 쓰나미에 당했대요. 마을이 통째로 물에 잠겨 버렸대요."

"수상이 암살되었다는데 정말인가요?"

"재난을 틈타서 도쿄 시내에 폭도들이 날뛴다는데……."

정필 일행은 쪼그리고 앉은 피난민들 틈에 지친 몸을 욱여넣은 채 오가는 말을 듣고 있었다. 장 노인은 마실 물이라도 구해 보겠다며 사람들 틈을 비집고 나섰다. 정필은 낮부터 정신없이 뛰어다닌 탓에 자리를 잡고 앉자마자 까무룩 잠에 빠져들었다.

"센진(조선인을 뜻하는 '조센진'의 줄임말로, 당시 일본에서 조선인을 비하하여 부르던 말)이……."

"불을 지르고…… 강도……."

"우물에 독을…… 경계……."

"센진…… 폭동……."

"센진을 잡아라!"

정필은 눈을 퍼뜩 떴다. 잠결에 들은 소리인지 꿈을 꾼 것인지 분간되지 않았다.

"센진을 죽여라, 죽여라!"

꿈이 아니었다. 바로 옆에서 들려오는 소리였다. 장정 여럿이 한데 모여 죽창이나 쇠막대기를 들고 발을 구르며 소리를 지르고 있었다.

이게 대체 무슨 일인가. 정필은 순간 정신이 아득해졌다. 옆에서 졸고 있던 지씨도 어안이 벙벙한 얼굴로 두리번거렸다. 박씨의 얼굴에는 긴장한 빛이 뚜렷했다. 박씨는 정필과 지씨를 향해 손가락을 입술에 대 보이며 조용히 하라는 신호를 보냈다.

물을 구하러 갔던 장 노인도 돌아오다가 장정들이 하는 소리를 들었다. 일본말을 할 줄 모르는 그조차 뭔가 심상치 않은 느낌을 받았는지 멀찍이서 큰 소리로 물었다.

"여봐 박씨, 이자들이 대체 뭐라고 하는 건가?"

그 순간이었다.

"센진이다!"

무장한 장정들이 벼락처럼 달려들어 순식간에 장 노인을 에워쌌다. 놀란 장 노인이 미처 돌아볼 새조차 없었다. 무리 가운데 하나가 쇠막대기를 들어 장 노인의 머리를 있는 힘껏 내리쳤다. 시뻘건 피를 흘리며 장 노인이 그대로 쓰러졌다. 장정들은 쓰러진 장 노인을 마구 발로 차고 밟았다. 장 노인의 머리에서 피가 그칠 줄 모르고 흘러나와 땅을 적셨다.

장정 무리는 멈추지 않고 발길질을 해 대며 환호성을 질렀다.

"우물에 독을 푼 센진을 처단했다!"

"도쿄에 불을 지른 방화범을 우리가 잡았다!"

정필은 갑자기 귀가 멀어 버린 것처럼 주변 소리가 하나도 들리지 않았다. 제 눈앞에서 눈 깜짝할 새 벌어진 참극이 정지 화면처럼 멈춘 채 뱅글뱅글 돌아갈 뿐이었다.

박씨가 정필의 뺨을 세차게 때렸다.

"뒤돌아. 서두르지 말고 최대한 자연스럽게 걸어. 한마디도 해선 안 돼."

박씨는 정필의 귀에 대고 빠르게 속삭였다. 정필의 심장이 가슴을 뚫고 나올 것처럼 방망이질해 댔다. 두 다리가 덜덜 떨려 왔지만 있는 힘을 다해 똑바로 걸으려 애썼다. 아차 잘못하는 순간 장 노인의 뒤를 따라가게 될 게 분명했다. 어찌 된 영문인지 짐작조차 할 수 없는 일이었지만 이유 따위는 중요하지 않았다. 잔뜩 흥분한 사람들에게 우리는 우물에 독을 푼 적도 없고, 불을 지른 적도 없다고 말해 봐야 쓸데없을 터였다. 최대한 빨리 이곳을 벗어나야 했다. 지씨도 창백한 얼굴로 벌벌 떨며 뒤를 따랐다. 세 사람은 태연한 얼굴을 하려고 애쓰며 계속 걸었다.

일행이 요쓰기 다리를 지나갈 때였다. 사람들이 두 명의 남자를 둘러싼 채 마구잡이로 주먹질에 발길질까지 하고 있었다. 옆에는 무수히 많은 구경꾼이 있었지만 누구 하나 말리는 이가 없었다. 오히려 신이 나서 한마디씩 거들 뿐이었다.

"뻔뻔스러운 센진들! 피난민들에게 폭탄을 던지려고 했어."

"어서 저놈들 주머니를 뒤져 봐."

매를 맞고 있던 남자가 다 죽어 가는 소리로 겨우 말했다.

"우린…… 아무것도…… 안 했어."

정필의 눈길이 슬그머니 그 남자 쪽을 향했다. 사람들이 남자들의 주머니를 뒤지기 시작했다. 뭇매를 맞은 남자들은 이미 축 늘어져 사람들이 들추는 대로 가마니처럼 이리저리 뒤집혔다. 옷이 다 벗겨지도록 탈탈 털었지만 그들의 몸에서 나온 것은 통조림 두 개가 다였다. 기세등등하던 사람들은 머쓱해져서는 금세 흩어져 버렸다.

아직 숨을 쉬고 있을까? 아마 두 사람은 배가 고파 주머니에서 통조림을 꺼내 먹으려 했을 것이다. 그런데 엉뚱하게도 그 모습을 폭탄을 던지는 것으로 오해한 사람들은 제대로 확인도 하지 않고 목숨이 끊어질 만큼 끔찍하게 폭행한 것이었다. 두 사람이 조선인이 아니라 일본인이었다고 해도 저렇게 했을까?

정필이 자꾸 두 사람을 힐끔거리며 쳐다보자 박씨가 거친 눈빛을 보냈다. 쳐다보지 말라고, 앞만 보고 걸으라고 말하는 듯했다.

다리 앞에서는 또 다른 무리가 지나가는 사람들을 하나씩 붙잡고 검문하고 있었다. 그들은 팔뚝에 스스로 지킨다는 뜻으로 '자경'이라고 쓴 완장을 하나씩 차고 도끼나 일본도, 죽창으로 무장하고 있었다.

"따라해 봐, 주고엔 고짓센."

'15엔 50전'이라는 뜻의 '주고엔 고짓센'은 일본 본토인이 아니면 발음하기가 매우 까다롭다. 일본인과 똑같이 발음하기 어려운 말을 해 보라고 시키는 것을 보니 조선인을 골라내려는 수작이다. 무엇 때문인지 알 수는 없지만 조선인이 저들의 표적이라는 것이 분명했다.

정필은 난감한 얼굴로 지씨와 박씨를 번갈아 쳐다보았다. 일본에 온 지 고작 석 달 남짓이었다. 종일 노동하고 나면 지쳐 쓰러져 잠들기 일쑤였다. 그래도 열심히 일본말을 따라 하며 연습했지만, 아무래도 일본 사람처럼 발음할 자신은 없다. 그건 지씨도 마찬가지였다.

일본에 오기 전부터 일본말에 능숙했던 박씨는 통과할지 모르지만, 나머지 두 사람은 어쩔 것인가. 이제 박씨가 두 사람을 버린다고 해도 어쩔 수 없는 일이었다. '주고엔 고짓센'을 일본 사람처럼 발음하느냐 못 하느냐가 삶과 죽음을 결정짓는 기준이라니 어처구니없지만 그것이 눈앞에 닥친 현실이었다.

앞서 검문에 걸린 노인이 버럭 성을 냈다.

"난 대일본제국에서 태어나서 지금까지 한 번도 여길 떠난 적이 없어. 누구더러 그따위 걸 따라 하라 마라 개수작이야?"

검문하는 자경단 청년도 지지 않았다.

"그러니까 대일본제국 신민답게 제대로 발음해 보라고."

"머리에 피도 안 마른 것이 어디에다 대고 버르장머리 없이!"

"너 조센진이지?"

"뭐, 뭐야?"

"조센진인 거 들킬까 봐 어깃장 놓는 거 아니야!"

"이, 이게 감히 누구한테!"

낄낄 방정맞은 웃음과 함께 자경단 청년이 들고 있던 쇠갈고리가 노인의 목덜미에 푹 꽂혔다. 자존심을 내세우며 일본인이라고 주장하던 노인은 검붉은 피를 쏟으며 질질 끌려갔다.

"아이고 참, 이 어려운 시국에 우리 마을과 국가를 지키느라 고생하시는 분들한테 협조 좀 잘해 주시지."

박씨가 일본말을 유창하게 하며 자경단 청년 앞으로 냉큼 나섰다. 정필은 머리가 주뼛 섰다. 지씨도 얼굴이 하얗게 질렸다.

자경단 청년이 박씨를 힐끔 보더니 툭 내뱉었다.

"해 보슈."

"주고엔 고짓센."

청년은 순순히 고개를 끄덕였다.

"통과, 다음!"

정필의 차례였다. 식은땀이 등줄기를 타고 흘렀다. 다리 아래로 던져진 시체들이 장작더미처럼 둥둥 떠다니는 것이 보였다.

"내 동생들인데 어릴 때 열병을 앓고부터 말을 못 해요."

박씨가 넉살 좋게 웃으며 끼어들었다. 자경단 청년이 정필과 지씨를 의심에 찬 눈으로 쏘아보았다.

"대신 내가 교육칙어라도 읊어 보겠습니다."

박씨는 진지한 표정으로 차려 자세를 하고 낭송을 시작했다.

"짐이 생각건대 우리 황조황종은 나라를 열어 세움이 유구하고 덕을 베풂이 깊고 두터웠다. 우리 신민이 충과 효를 극진히 하여 억조가 마음을 하나로 하여……."

"됐어, 그만하고 가 봐. 다음!"

자경단 청년의 손짓에 정필은 속으로 안도의 한숨을 내쉬었다. 정필은 혀를 내둘렀다. 부보상을 하며 일본을 여러 차례 드나든 박씨지만 일본 학교에서 가르치는 교육칙어까지 외우고 있을 줄은 몰랐다.

정필의 마음을 눈치챘는지 박씨가 귓속말로 속삭였다.

"딱 거기까지밖에 모르는데, 그만하라고 안 했으면 진짜 큰일 날 뻔했어."

세 사람은 서둘러 걸음을 옮겼다. 그들이 아라카와 철교까지 갔을 때였다.

"잠깐."

누군가 불쑥 내민 일본도가 그들의 앞을 가로막았다.

"어딜 그리 바삐 가시나? 센진 노동자 세 분이 함께."

방수로 공사 현장에서 조선인 노동자들을 골라 가며 괴롭히던 그놈, 유카타를 입은 바로 그자가 누런 이를 드러내며 씩 웃고 있었다.

마에다 린, 1923년 도쿄

매캐한 연기가 콧속으로 들어왔다. 머리가 지끈거리더니 이내 뱅글뱅글 돌기 시작했다. 어렵게 눈을 떠 보니 땅바닥에 죽은 듯 엎어져 있는 하루가 보였다. 린은 겨우 정신을 차려 힘겹게 땅을 짚고 일어났다.

"아야!"

유리가 박힌 손바닥에서 피가 흘렀다. 땅바닥은 깨진 유리 조각 천지였다. 그뿐이 아니었다. 폐허가 된 거리는 무너져 내린 건물의 잔해로 온통 뒤덮여 있었다. 린은 하루를 흔들어 깨웠다.

하루가 눈을 비비며 쳐다봤다.

"뭐야, 여긴? 지옥이야?"

아닌 게 아니라 두 사람의 눈앞에 펼쳐진 모습은 지옥을 떠올리게 했다. 어스름한 하늘을 배경으로 시뻘건 불길이 건물 이곳

저곳에서 넘실대고, 검은 연기가 자욱했다.

"콜록, 콜록."

"일어나! 이대로 있다가는 질식해 죽겠다. 물론 우리가 아직 죽은 게 아니라면 말이지."

린은 하루의 손을 잡아 일으켰다.

"꺅!"

앞장서 걷던 린이 기겁하며 멈춰 섰다. 갈라진 땅 사이로 사람 손이 삐져나와 있었다. 꼼짝하지 않는 걸 보니 이미 죽은 게 틀림없었다.

"지진이야. 엄청나게 큰 지진이 일어났나 봐."

린의 말에 하루가 주위를 이리저리 살펴보며 말했다.

"그런데 좀 이상하지 않아? 건물이며 사람들 옷차림이 꼭 흑백 영화 속으로 들어온 것 같은 느낌이야."

무너진 집 앞에서 넋을 놓고 앉아 있는 노파나 힘없이 걸어가는 사람들 대부분이 유카타나 후리소데 같은 전통 의상을 입고 게다를 신고 있었다.

하루가 미간을 찌푸렸다.

"설마……."

"왜?"

"철물점 할아버지가 들려주신 이야기가 생각나서."

"그게 뭔데?"

"백 년 전 간토 지방에 큰 지진이 있었다고."

"그럼 우리가 백 년 전으로 타임 슬립이라도 했다는 거야?"

"나도 믿기진 않아. 하지만 그게 아니라면 이 상황이 설명이 안 되잖아. 여기가 영화 세트장도 아니고."

"그건 그렇지만 도대체 어떻게 이런 일이?"

하루가 알았다는 듯 손가락을 탁 튕겼다.

"그 만년필 펜촉! 네가 그걸 잡자마자 우리가 불단 속으로 빨려 들어갔잖아. 기억나?"

"맞아!"

"그 펜촉이 우릴 과거로 데려온 게 사실이라면 다시 원래 자리로 돌려놓을 수도 있지 않을까?"

린은 황급히 주머니를 뒤졌다. 린의 얼굴이 하얗게 질렸다.

"없어."

"잘 찾아보자."

린과 하루는 한참 동안 주변을 살폈지만, 만년필 펜촉은 끝내 찾을 수 없었다.

"이제 어쩌면 좋아?"

린이 울상을 지으며 말했다. 하루는 팔짱을 끼고 심각한 얼굴로 생각에 잠겼다.

"타임 슬립을 소재로 한 영화나 애니메이션을 보면 말이야. 주인공들한테는 과거로 돌아가야만 하는 이유가 꼭 있거든. 그리고 그 이유를 찾아야 비로소 원래 있던 곳으로 돌아갈 수 있게 돼."

"그러면 우리한테도 백 년 전으로 온 이유가 있을 거라고?"

"맞아, 지금부터 그걸 찾아야겠지. 어쨌든 그 만년필 펜촉과 네 할머니가 관련이 있는 게 아니겠어?"

린은 혼란스러운 얼굴로 사방을 둘러보았다. 엿가락처럼 늘어진 전찻길이 뚝뚝 끊어진 곳에 튕겨 나간 전차가 쓰러져 있었다. 쓰러진 채 움직이지 않는 여자 곁에서 어린아이가 손가락을 빨며 울고 있었다. 엄마, 엄마! 아이의 울음소리가 린의 귀에 날아와 아프게 박혔다. 무너진 건물에 깔려 고통스러워하는 사람도 보였다. 실성한 사람처럼 벌거벗은 채 뛰어다니는 사람이 있는가 하면, 길가에는 방치된 시신과 부상자가 넘쳐났다. 과연 이 지옥의 한복판으로 우리가 오게 된 이유는 무엇일까?

하루가 넋을 놓고 있는 린의 손을 잡아끌었다.

"먼저 여길 벗어나자. 연기 때문에 숨이 막혀 죽을 것 같아."

한참을 걸어 나타난 동네는 지진 피해가 덜한지 무너진 건물이 많지 않았다. 하지만 지진이 남긴 영향이 이곳까지 미친 탓인지 사람들은 겁에 질린 채 쫓기듯 발걸음을 재촉하고 있었다.

경찰서 앞을 지나는데 검은 널빤지에 붙은 커다란 종이가 펄럭이는 게 눈에 띄었다. 린이 종이에 적힌 글을 소리 내어 읽었다.

"도쿄 시내의 혼란을 틈타 불령선인들이 여기저기서 폭동을 일으키고 있으니 시민은 자경단을 조직하여 엄중히 경계하기 바람."

린의 목소리가 떨렸다.

"불령선인이라니? 조선인을 말하는 건가? 백 년 전에 조선 사람들이 폭동을 일으켰대?"

하루는 아무 대답도 하지 않았지만 표정이 심각하게 굳어졌다.

"조센진 폭도 삼백 명이 폭탄을 들고 우리 마을 쪽으로 습격해 오고 있답니다!"

죽창이며 일본도로 무장한 무리가 큰 소리로 외치며 지나갔다.

"집집이 성인 남자 한 명씩은 무기가 될 만한 걸 들고나오시오!"

"우리 마을은 우리 손으로 지켜 냅시다!"

"여자와 아이들은 집 밖으로 나오지 마시오!"

사람들은 눈에 띄게 동요하며 웅성거리기 시작했다. 그 가운데 안경을 쓴 남자가 영 미덥지 않은 얼굴로 투덜거렸다.

"갑자기 자연재해가 일어날 걸 조센진들이 무슨 수로 미리 안단 말이오? 폭동을 준비했다가 기다렸다는 듯이 쳐들어오고 있다니 그게 말이나 되는 소리요?"

자경단원 하나가 성난 얼굴로 안경잡이에게 으르렁댔다.

"지금 센진들이 도쿄 여기저기서 불을 지르고 있다고, 간신히 살아서 도망친 피난민들이 하는 말 못 들었어? 강도 살인에 강간까지! 센진 놈들한테 당한 사람이 한둘이 아니라잖아."

또 다른 자경단원은 죽창을 들이대며 윽박질렀다.

"지금 우에노 언덕에서는 센진 폭도와 일본군 사이에 싸움이 일어났어. 일본 군인들이 센진들 손에 엄청나게 죽어 가고 있다고. 나라가 무너질까 봐 계엄령이 선포되었는데 뭘 알지도 못하는 주제에 떠드는 거야? 그러다 우리 마을까지 센진 놈들 손에 초토화되면 당신이 책임질 거야?"

안경잡이는 잔뜩 주눅이 들어 아무 대꾸도 하지 못했다. 그때 자전거를 탄 경관이 확성기를 들고 다가오며 소리쳤다.

"조센진 폭도들이 우물에 독약을 풀었으니 절대 우물물을 마시면 안 됩니다!"

자경단원들이 경관을 불러 세웠다.

"이보시오, 나리. 센진들이 폭동을 일으켰다는 말을 믿지 못하는 자가 여기 있소. 그게 그저 헛소문일 뿐이오?"

경관이 자전거에서 내리더니 정색하며 말했다.

"경시청에서 내려온 정보입니다. 조센진 폭동에 대한 보고가 각지에서 들어오고 있답니다. 경찰력만으로는 한계가 있으니 각 마을에서는 소방단과 재향 군인회를 중심으로 자경단을 결성하여 조센진의 침입에 대비하고 경계를 삼엄히 하라는 명령이 내려왔습니다. 지진과 화재로 통신망이 모조리 끊겨 유일하게 통신이 가능한 후나바시 해군 무선송신소를 통해 전달된 사항입니다."

마을 사람들은 다시 한번 술렁거렸다. 제복을 입은 경관의 입에서 나온 말은 마을 사람들에게 또 다른 차원의 공포를 안겨 주었다. 자경단원들은 더욱 의기양양해져서 죽창을 높이 들었고,

투덜거리던 안경잡이는 어느새 자취를 감추어 버렸다.

경관이 떠난 뒤 거리의 분위기는 한층 더 달아올랐다. 때마침 군용 트럭 한 대가 마을을 지나갔다. 트럭을 호위하듯 둘러싼 군인들은 대검을 총에 꽂은 채 엄숙한 표정으로 행진하고 있었다.

"저것 봐, 군대까지 출동한 걸 보니 정말 심각한 모양이야."

"가뜩이나 지진 때문에 큰일인데 전쟁까지 일어나는 거 아닌지 몰라."

마을의 공기는 당장이라도 눈앞에서 총성이 울리고 폭탄이 터지기라도 할 것처럼 뒤숭숭해졌다. 젊은 사람이든 나이 든 사람이든 할 것 없이 남자들은 앞다투어 집으로 뛰어가서 대대로 내려오는 일본도를 꺼내 들고나왔다. 여자들은 밖에 있던 아이들을 소 떼처럼 몰고 들어가 문을 단단히 닫아걸고 집 안에 꼭꼭 숨었다. 자경단에 들어가는 사람들의 수는 점점 불어나 이제는 백 명도 넘는 커다란 무리가 되었다. 그들 가운데는 쇠갈고리며 각목은 물론이고, 엽총을 든 이들도 있었다.

"다들 너무 흥분해 있는 것 같아. 정말 무슨 일이 일어나는 건 아니겠지?"

불안한 얼굴로 자경단을 바라보던 린이 중얼거렸다. 그때 사람들의 거센 함성이 울려 퍼졌다.

"센진 폭도를 잡았다!"

"죽여라, 죽여라!"

하루가 소리가 나는 쪽을 향해 달려갔다. 린도 따라 뛰었다.

마을 어귀 나무 아래, 무기를 든 사람들이 구름처럼 모여 있었다. 그들은 흥분한 채 발을 구르며 저마다 소리를 질렀다.

"그동안 일본에 붙어먹었던 놈들이 지진이 난 틈을 노려서 폭동을 일으켜? 은혜를 원수로 갚는 배은망덕한 놈들 같으니!"

"죽은 우리 친척도 저놈들 손에 당했겠지? 저놈들도 똑같이 죽여야 해!"

"내 자식 다시 살려내라, 이 천하의 몹쓸 놈들아!"

"죽여라, 죽여! 불태워 죽여 버려!"

하루가 사람들 틈바구니를 비집고 들어가려 하자 린이 다급히 하루의 옷자락을 잡아당기며 말렸다.

"가까이 가지 마. 조선인들이 폭탄을 던지면 어떡해!"

하루가 뒤를 돌아보았다. 원망의 빛이 담긴 눈초리였다. 눈물이 살짝 맺힌 것 같기도 했다. 린은 영문을 알 수 없어 당황했다.

"넌 멀찍이 가 있어."

하루가 기어이 사람들 틈을 비집고 들어갔다. 린도 어쩔 수 없이 하루의 뒤를 따라갔다.

흥분한 마을 사람들이 둘러싼 가운데에는 초라한 행색의 남자 두 명이 밧줄로 묶인 채 서 있었다. 찢긴 옷가지 사이로 갈비뼈가 드러나도록 비쩍 마른 몸이 보였다. 두 사람은 겁에 질린 나머지 바들바들 떠느라 두 다리로 서 있는 것조차 힘겨워 보였다. 이들이 조선인 폭도라고? 사람들이 말하는 것처럼 방화, 강도, 살인, 강간을 저지른 사람이라고?

"아니야, 아니에요."

"우리는 몰라요, 아무것도 몰라요."

남자들은 서툰 발음으로 계속해서 외치다가 급기야 무릎을 꿇고 빌기 시작했다. 그것이 신호라도 된 양 갑자기 자경단원들이 달려들었다. 손에 든 각목이며 죽창을 닥치는 대로 내려치자, 두 사람은 저항 한 번 하지 못한 채 그대로 땅에 쓰러지고 말았다. 마을 사람들 가운데 누구 하나 말리려 들지 않았다. 오히려 쓰러진 남자들을 발로 걷어차거나 죽여 버리라고 소리를 질러 댔다.

그 서슬에 기겁하며 린은 입을 틀어막고 뒷걸음질을 쳤다. 땅에 쓰러진 조선인 남자가 린을 향해 손을 뻗었다.

"도, 도와 주……."

그는 말을 채 끝맺지 못했다. 누군가 휘두른 일본도가 그의 머리로 날아들자 붉은 피를 쏟으며 힘없이 머리를 땅에 떨구었다. 눈을 하얗게 치켜뜬 채로. 그의 몸은 그저 하나의 보릿자루나 가마니처럼 사람들의 매질에 따라 이리저리 뒤집힐 뿐이었다.

얼음처럼 굳어 버린 린을 하루가 잡아끌고 무리를 빠져나왔다. 린의 눈에는 두려움이 가득 차 있었다.

"저 사람들, 진짜 폭도일까?"

린이 떨리는 목소리로 물었다. 하루는 대답하지 않았다. 성난 듯한 얼굴로 주변을 한참이나 두리번거리더니 성큼성큼 걸음을 옮겼다.

"어디 가는 거야?"

린은 끔찍한 장면을 목격한 충격으로 허둥대면서 하루의 뒤를 바삐 따라갔다.

하루가 멈춰 선 곳에는 우물이 하나 있었다. 하루는 잠깐 망설이는 듯하더니 이내 우물 뚜껑을 열어젖혔다. 그러고는 끈에 걸린 바가지를 내려 물을 떴다. 하루가 우물물을 마시려는 순간 린이 소스라치며 하루의 팔을 잡았다.

"마시지 마! 조선인들이 독을 풀었다잖아."

하루는 린의 팔을 뿌리치더니 바가지의 물을 벌컥벌컥 들이마셨다. 그러고는 린을 힐끔 보며 툭 내뱉었다.

"봐, 멀쩡하잖아!"

하루의 표정은 뭔가를 꾹꾹 눌러 삼키고 있는 사람처럼 복잡하기 짝이 없었다. 그런 하루를 멍하니 바라보는 린의 머릿속 또한 마구잡이로 엉켜 버린 실타래처럼 복잡했다.

양정필, 1923년 도쿄

"흐흐, 여길 빠져나갈 수 있을 줄 알았나?"

유카타는 일본도를 한 손에 든 채 여유 만만하게 웃었다. 그의 뒤에는 각각 다른 무기를 든 세 명이 더 있었다. 방수로 공사 현장에서 조선인 노동자들에게 툭하면 시비를 걸고 괴롭히던 악질 중의 악질들이었다.

정필은 입술을 질끈 물었다. 하필 여기서 저놈들이랑 마주치다니 지독히도 운이 없었다.

유카타는 일본도를 치켜들고 신이라도 난 듯 낄낄댔다.

"만날 집에 모셔 놓기만 하던 칼을 마음껏 휘둘러 볼 날이 올 줄이야."

칼끝에 검붉은 핏자국이 선명했다.

"난 벌써 네 마리나 해치웠지. 여기 세 마리를 합치면 오늘 밤

공적이, 가만있어 보자. 다섯, 여섯, 일곱. 그래, 일곱 맞지?"

우락부락한 놈이 어깨에 쇠갈고리를 걸치고 의기양양하게 말했다.

"으이구, 그까짓 더하기도 못 해서 손가락으로 세고 있냐. 이 머저리야."

"더하기쯤 못 하면 어때? 센진 놈들 때려잡은 공로로 곧 대일본제국의 훈장을 받으실 몸이라고, 크크크."

유카타 패거리가 저희끼리 시시덕거릴 동안 박씨는 재빨리 주위를 훑었다. 앞쪽은 유카타 패거리가 막아서 있고, 뒤쪽으로는 이미 일본인 피난민들이 웅성대며 모여들기 시작했다. 섣불리 도망쳤다가는 피난민들 손에 잡힐 게 뻔했다. 빠져나갈 곳이 전혀 없었다. 박씨는 아라카와 철교 아래를 곁눈질로 살폈다. 시커먼 강물이 위협하듯 넘실대고 있었다.

유카타가 정필의 턱에 칼끝을 겨누고 으르렁거렸다.

"네놈들이 조선에서 밀려들어 와서 우리 자리를 다 차지해 버리는 바람에 손해가 이만저만이 아니란 말이야. 우리 대일본제국의 신민들이 너희처럼 보잘것없는 식민지 족속들이랑 일자리를 놓고 경쟁해야겠어? 자존심 상하게 말이야."

정필은 속에서 울화가 치밀었다. 속 시원히 대거리라도 하고 싶은 마음에 주먹에 힘이 들어갔다. 하지만 박씨가 옆구리를 찌르며 참으라는 신호를 보냈다.

"잘 들어 둬. 네놈들은 폭동을 일으켜서 죽는 게 아니야."

유카타가 실실 웃으며 빈정댔다.

"너희 센진들은 폭동을 일으킬 배짱도 없는 놈들이거든. 그저 엎어져서 시키는 일이나 할 줄 아는 주제에 방화, 강도, 게다가 살인을? 난 안 믿어. 조선인 폭동설은 뜬소문일 뿐이라고."

유카타가 이번에는 박씨에게 칼을 들이대며 말했다.

"그래도 네놈들은 죽어야 해. 먹고살게 해 준 우리한테 감사할 줄은 모르고 불평불만만 늘어놓는 것들! 가뜩이나 꼴 보기 싫었는데, 이참에 모조리 쓸어 버릴 수 있게 됐으니 얼마나 좋은 기회야. 안 그래?"

우락부락한 놈이 몸이 근질거린다는 듯 성화를 했다.

"뭔 말이 그렇게 많아. 얼른 해치워 버려."

유카타가 일본도를 높이 치켜드는 것과 동시에 박씨가 외쳤다.

"뛰어내려!"

"어어, 나는 헤엄 못 치는디!"

지씨의 외침이 아라카와강에 메아리처럼 울려 퍼졌다.

세 사람은 연달아 강물에 빠졌다. 정필은 물속으로 하염없이 가라앉으면서도 정신을 놓지 않으려 애썼다. 가까스로 물 위로 고개를 내밀자 지씨가 바로 옆에서 허우적거리고 있었다. 정필은 지씨의 목을 팔로 휘어 감고 죽을힘을 다해 헤엄치기 시작했다.

유카타 패거리는 철교 아래를 내려다보며 분해서 어쩔 줄 모르고 있었다. 유카타는 근처에 있던 자경단원을 불러 철교 아래 정필 일행을 가리키며 외쳤다.

"저기, 센진 세 마리가 탈출했어요. 당장 잡아야 해요!"

삐익, 삑!

자경단원이 호루라기를 불며 강물에 떠 있는 배를 향해 팔을 마구 휘저었다.

"센진 폭도 탈주! 모두 셋이다!"

작은 배는 빠른 속도로 정필 일행을 쫓기 시작했다. 죽어라 헤엄을 치던 박씨가 멈춘 채 정필과 지씨를 찾아 두리번거렸다. 정필이 지씨의 목을 끌어안고 힘겹게 헤엄치고 있었다. 박씨는 방향을 거슬러 정필에게 다가가 지씨를 넘겨받으며 외쳤다.

"빨리 가자, 앞장서."

정필은 숨을 헐떡이며 팔을 저었다. 박씨도 지씨를 데리고 물살을 가르며 뒤를 따랐다.

탕! 탕!

쫓아오던 자경단원들이 배 위에서 정필 일행을 향해 엽총을 마구 쏘아 댔다.

"아악!"

지씨가 어깨를 움켜잡으며 외마디 비명을 질렀다.

"아재!"

강물 위로 피가 순식간에 번졌다. 자경단원들은 그 틈을 놓치지 않고 쏜살같이 다가왔다. 박씨와 정필은 물론 총을 맞은 지씨에게까지 뭇매가 사정없이 쏟아졌다.

세 사람은 정신을 차릴 겨를도 없이 배 위로 끌어 올려졌다. 순간 정필에게 일본도가 날아왔다.

"윽!"

재빨리 몸을 굴려 피했지만 그만 한쪽 발목을 찔리고 말았다. 총에 맞은 지씨의 어깨에서 흘러나온 피로 갑판은 금세 시뻘겋게 물들었고, 세 사람은 온몸에 피 칠갑을 했다. 지씨는 의식을 잃었는지 미동조차 없는데도 흥분한 자경단원들은 발길질을 멈추지 않았다.

박씨가 사력을 다해 일본말로 소리쳤다.

"그만해! 사람이 죽잖아!"

순간 배 안은 정지 화면처럼 고요해졌다.

"사람?"

자경단원 하나가 피식 비웃었다.

"너희는 사람이 아니야, 센진이지."

곧이어 더 무자비한 매질이 쏟아졌다. 정필은 정신이 아득해지는 것을 느꼈다. 몸의 감각은 점점 사라지고, 오직 청각만 살아 있는지 자경단원의 비웃음 소리가 귓가에서 계속 메아리치며 울려 퍼졌다. 정필은 그대로 눈을 감았다.

마에다 린, 1923년 도쿄

"백 년 전의 하늘이니 별이 많을 텐데."

밤이 찾아왔다. 린은 구름이 잔뜩 낀 어두운 하늘을 멍하니 올려다보며 중얼거렸다. 가로등 불빛 하나 없는 사방을 점령한 어둠만큼이나 린의 머릿속도 캄캄하기만 했다. 낮에 겪은 끔찍한 일이 뇌를 마비시켜 아무런 생각도 할 수 없게 만들어 버린 것 같았다.

나무 아래 무릎을 끌어안은 채 웅크리고 있던 린이 슬그머니 하루 곁으로 다가가 앉았다. 하루는 아까부터 잔뜩 굳은 얼굴로 멀찍이 떨어져 앉아 있었다.

린은 하루의 눈치를 살피며 조심스럽게 물었다.

"화났어? 내가 조선 사람들이 폭동을 일으켰단 말을 믿어서?"

하루는 대답이 없었다. 린이 변명하듯 말을 이었다.

"다들 그렇게 말하니까, 경찰도 그렇고. 게다가 군대까지 출동한 걸 보니 진짜 무슨 일이 벌어졌나 싶었지."

"너한테 화난 거 아니야."

하루는 부루퉁한 얼굴로 대꾸하고는 작은 소리로 덧붙였다.

"나한테 화가 난 거지."

"그게 무슨 말이야?"

"철물점 할아버지가 간토 대지진 때 이야기를 자주 하셨거든. 조선인들이 폭도로 몰려서 억울하게 많이 죽었다고. 그 얘기를 들을 때는 사실 반신반의했어. 그 당시에 태어나지도 않았으면서 할아버지가 진실을 어찌 알겠어? 조선인이니까 하는 얘기라고만 생각했어. 그때의 나한테 화가 나. 나도 반쪽은 일본 사람이라서 조선인 학살을 믿고 싶지 않았던 건 아닐까."

하루가 짧은 한숨을 토했다.

"내가 세계 지도를 볼 때마다 진짜 많이 하는 생각이 있는데, 그게 뭔 줄 알아?"

린은 잠자코 하루가 말을 이어 가기를 기다렸다.

"지구엔 나라가 이렇게나 많은데, 우리 엄마 아빠는 왜 하필이면 일본과 한국에서 태어난 걸까. 코스타리카나 아이슬란드, 아니면 지도 끝에 있는 파타고니아라도 좋겠다고 생각했어. 일본과 한국만 아니라면 말이야."

린은 하루의 마음을 짐작해 보려 애썼다. 내가 알지 못한 하루의 어려움은 어떤 것이었을까.

"아까 낮에도 그 생각을 했어. 한쪽은 가해자이고 한쪽은 피해자인데, 난 가해자를 마음껏 미워할 수도 없고 피해자를 그저 외면할 수도 없어. 나 자신이 가해자이면서 피해자이기도 하니까."

하루의 얼굴은 복잡한 속내를 그대로 드러내고 있었다. 린은 말없이 고개를 끄덕이는 것으로 하루의 마음을 달랬다.

그때 저 멀리 어둠을 뚫고 불빛이 번쩍였다. 불빛은 하나둘 늘어나더니 점점 가까이 다가왔다. 자세히 보니 그것은 횃불의 행렬이었다. 저벅저벅, 불길한 발소리가 두 사람을 에워싸듯 가까워졌다. 린은 마른침을 삼켰다. 금방이라도 누군가의 손이 어둠 속에서 휙 튀어나와 머리채를 잡아챌 것만 같았다.

잠깐 사이에 린과 하루는 횃불에 둘러싸였다. 삽이며 곡괭이, 죽창으로 무장한 자경단원들이었다. 낮에 마을에서 본 사람들과는 또 다른 무리였다. 개중에는 갑옷을 입고 그 위에 진바오리를 걸친 사람도 있었다. 그들이 들고 있는 죽창이며 쇠꼬챙이처럼 뾰족한 무기들이 금방이라도 달려들어 찌를 것 같아 눈을 뜰 수가 없었다. 린은 두 손으로 얼굴을 감싼 채 주저앉았다.

뚱뚱한 자경단원이 린을 의심쩍은 눈빛으로 훑어보며 물었다.

"어디서 왔어? 이 마을 사람이 아닌데."

린은 금방이라도 토할 것 같아 입을 막았다. 당황한 하루가 더듬거리며 말했다.

"저, 저희는 도, 도쿄……."

"그러니까 도쿄 어느 마을이냐고? 이거 아무래도 의심스러운데?"

곡괭이를 어깨에 걸친 남자가 사납게 받아쳤다.

"그러고 보니 옷차림도 이상해. 너희 센진이지?"

뚱보가 린에게 죽창을 들이대며 말했다. 린은 사시나무처럼 떨기 시작했다. 하루가 린의 앞을 막아서며 둘러댔다.

"아니에요. 우린 일본 사람이에요. 지진으로 집이 무너져서 할머니 댁을 찾아가는 길이라고요."

"그걸 어떻게 믿어?"

"정말이에요. 이 아이가 많이 아파요. 좀 보내 주세요, 네?"

곡괭이가 뚱보를 쳐다보며 말했다.

"일본말을 잘하긴 하는데, 말투가 좀 이상하네. 어떡하지?"

뚱보가 냅다 소리를 질렀다.

"어쩌긴 뭘 어째. 센진으로 의심되는 놈들은 경찰서로 끌고 오라고 했잖아. 데라지마 경찰서로 가자."

뚱보는 하루와 린을 밧줄로 묶으며 엄포를 놓았다.

"도망칠 생각은 안 하는 게 좋을 거야. 아까 경찰서장님한테 직접 들은 얘긴데, 센진이 저항하면……."

뚱보가 린의 귀에 대고 속삭였다.

"죽여도 상관없다고 하셨거든."

겁에 질린 채 잔뜩 움츠린 린을 보고 뚱보가 낄낄 웃었다.

낮에 마을 사람들이 조선인 남자들을 때려죽인 것은 말할 수 없이 끔찍한 일이었다. 하지만 한편으로는 그들이 불을 질렀거나 나쁜 짓을 했기 때문이려니 하는 마음도 조금은 있었다. 그런데 막상 자경단에게 끌려가는 처지가 되고 보니 린은 다리가 떨려 제대로 걷지도 못할 지경이었다. 낮에 몰매를 맞고 숨을 거둔 조선인 남자들도 아무 잘못 없이 단지 오해 때문에 그렇게 되고 만 것이라면 어쩌나 하는 생각이 뒤늦게 들었다.

린은 솔직히 인정할 수밖에 없었다. 조선인들이 당하는 모습을 직접 보고 몸서리치면서도 그 일이 자신에게 일어날 수 있다고는 상상조차 하지 못했다. 나는 일본인이니까. 그런 끔찍한 일은 조선인이니까 당할 수 있는 일이지, 일본인에게 해당되는 일은 아니라는 생각이 마음속 깊은 곳에 자리 잡고 있었던 거다. 여기까지 생각이 미치자 린은 갑자기 망치로 머리를 한 대 맞은 듯 멍해졌다.

'마을 사람들 또한 알고 있었구나. 두 사람이 폭도가 아닐 수도 있다는 것을. 하지만 그들이 조선인이기 때문에 그토록 쉽게 죄책감 없이 저질러 버린 거야.'

새삼스러운 깨달음은 린을 큰 충격에 빠뜨렸다. 인간이 인간에게 해서는 안 되는 짓이었다.

하루와 린은 밧줄에 묶인 채 휘청거리며 데라지마 경찰서 앞까지 끌려갔다. 뚱보가 경관에게 밧줄을 넘겨준 뒤 경례를 붙였다.

"센진으로 의심되는 두 놈을 데려왔습니다."

"수고했다. 일단 유치장에서 보호할 테니 가 보도록."

"하이!"

뚱보가 막 돌아서던 참이었다. 경찰서 건물 뒤에서 나오고 있는 두 남자가 린의 눈에 띄었다. 때마침 구름에 가려 있던 달이 드러나며 두 사람을 비춘 것이었다. 한 사람은 다리를 절뚝거렸다. 사방으로 두리번거리며 경계하던 남자들은 린과 눈이 마주치자 소스라치게 놀랐다. 린은 두 사람이 도망치는 조선인임을 한눈에 알아차렸다.

'뚱보가 뒤돌아보면 들키고 말 텐데!'

린은 그대로 바닥에 몸을 던졌다. 그 바람에 린과 한데 묶여 있던 하루까지 같이 넘어져 땅에 쓰러졌다. 밧줄을 잡고 있던 경관도 크게 휘청이며 넘어질 뻔했다.

뚱보가 허둥지둥 경관의 팔을 잡았다.

"이런 멍청한 센진 같으니. 하마터면 큰일 날 뻔했잖아."

뚱보가 욕을 퍼부었다. 하루가 린에게 속삭였다.

"너 괜찮아?"

린은 재빨리 곁눈질로 두 남자를 찾았다.

'무사히 빠져나갔을까? 아, 아직 아니다.'

많이 다친 탓인지 절뚝거리는 남자의 걸음이 너무 더디다. 남자들은 아직 몸을 숨기지 못했다. 린은 애가 탔다. 저러다가는 금방 뚱보나 경관의 눈에 띄고 말 것이다. 그때였다.

"실례합니다."

단발머리 여자가 불쑥 나타나 상냥한 목소리로 인사했다. 그 바람에 경관과 뚱보의 눈길이 여자에게 쏠렸다. 스무 살쯤 되었을까. 자그마한 체구의 앳되어 보이는 여자는 분홍 원피스를 곱게 차려입고 있었다. 기모노나 후리소데를 입고 머리를 틀어 올린 다른 여자들과 달리 무척이나 세련되어 보였다.

단발머리가 미간을 살짝 찌푸린 채 걱정스럽다는 듯 말했다.

"소문을 듣자니 조센진들이 폭동을 일으키고 있다는데 그게 사실입니까?"

"아, 그건 걱정하실 필요 없습니다. 우리 마을은 자경단이 확실하게 지키고 있으니까요."

뚱보가 배를 내밀며 자랑스레 대답했다. 단발머리는 그래도 안심이 안 된다는 듯 경관을 향해 다시 물었다.

"그래도 혹시나 길에서 조센진을 만나면 어찌합니까?"

경관이 린과 하루를 가리키며 말했다.

"걱정하지 마십시오. 보시다시피 조센진으로 의심되는 사람들은 모조리 유치장에서 보호하고 있으니까요."

"보호요?"

단발머리의 얼굴에 쓸쓸한 빛이 잠깐 스쳐 지나갔다. 뚱보가 재빨리 나섰다.

"여자분 혼자 가시려면 아무래도 위험하지요. 어디까지 가십니까? 제가 동행해 드리겠습니다."

"아, 그렇게 해 주시겠습니까? 정말 감사합니다."

단발머리가 허리 숙여 인사하자 뚱보가 우쭐대며 앞장섰다. 린은 얼른 남자들이 있던 쪽을 살폈다. 의도치 않게 단발머리가 시간을 끌어 준 덕에 다행히 빠져나간 모양이었다.

린은 안도의 한숨을 내쉬다가 단발머리와 눈이 딱 마주쳤다. 그 순간, 단발머리가 한쪽 눈을 찡긋하며 미소를 보냈다. 린은 가슴이 철렁했다.

'저 사람도 도망치는 남자들을 본 걸까? 그들을 도와주려고 일부러 경관과 뚱보의 시선을 끌었나?'

그럴 리 없다고 생각하면서도 린은 혼란스러웠다. 게다가 단발머리의 미소를 본 순간, 린은 저도 모르게 가슴 한구석이 뜨거워지는 것을 느꼈다. 왜인지는 알 수 없었다. 다만 아주 익숙하고 따스한 무언가가 린을 부드럽게 감싸 주는 느낌이었다.

린은 뚱보와 함께 걸어가는 단발머리의 뒷모습을 물끄러미 바라보며 서 있었다.

"뭐 하고 섰어? 어서 따라오지 않고."

경관의 타박에 린은 그제야 정신을 차렸다. 하루와 린은 경관에게 이끌려 유치장으로 들어갔다. 경관이 문을 잠그며 거만하게 말했다.

"너희 센진에게는 이곳이 천국일 거다. 지금 바깥은 전쟁터나 다름없어. 센진을 사냥하겠다고 독이 잔뜩 오른 사람들 천지라고. 그러니 시끄럽게 굴지 말고 얌전히 있어. 소란을 피웠다가는 밖에 대기하고 있는 자경단한테 바로 넘길 테니까."

좁은 유치장 안은 이미 열댓 명의 사람으로 꽉 차 있었다. 대부분 초라한 행색의 노동자였다. 또한 상당수가 어디에선가 잔뜩 얻어터지고 온 듯 꼴이 말이 아니었다. 머리가 온통 핏자국으로 얼룩진 사람도 있고, 뼈가 부러졌는지 팔이나 다리가 퉁퉁 부은 채 앉아 있는 사람도 있었다. 바짝 긴장한 얼굴로 말없이 앉아 있을 뿐 누구 하나 입을 여는 사람이 없었다.

하루가 린에게 소곤거렸다.

"일본말을 할 줄 모르는 사람이 많을 거야. 조선말을 했다가는 끌려 나가 다른 사람들처럼 죽을 것 같고. 그러니 다들 입을 다물고 있는 게 아닐까?"

"맞아, 그런 것 같아. 그런데 경관 말대로 여기 있으면 정말 안전한 거야?"

하루는 고개를 절레절레 흔들었다.

"그야 알 수 없지. 바깥보다는 안전한 것 같기도 하지만."

둘은 좁은 유치장 바닥에 겨우 끼어 앉았다. 그때 유치장 한구석에서 어린아이가 칭얼거리는 소리가 조그맣게 들렸다.

"엄마, 배고파."

"쉿!"

배가 불룩하게 나온 여자가 얼른 여자아이의 입을 틀어막았다. 아이는 소리도 못 내고 눈물만 뚝뚝 흘렸다.

"세상에, 임신부랑 저렇게 어린 아이까지."

린은 안타까운 마음에 주머니를 뒤졌다. 마침 사탕이 하나 들어 있었다. 린은 아이 옆으로 가서 사탕을 내밀며 말했다.

"자, 먹어."

아이는 일본말을 하는 린을 보고 겁에 질려 제 엄마 등 뒤로 쏙 숨었다. 린은 하루에게 손짓했다.

"한국말로 말해 줘."

하루는 쪼그려 앉아 사탕을 아이 손에 쥐어 주며 말했다.

"괜찮아, 먹어도 돼."

아이는 그제야 사탕을 받아 들더니 누가 빼앗을세라 얼른 입에 넣었다.

"고맙습니다."

아이 엄마가 살짝 미소를 지으며 인사했다. 그러나 이들의 대화는 더 이어지지 못했다. 유치장 밖에서 요란한 소리가 들려왔기 때문이다.

"센진을 내놔라!"

"우리의 원수를 당장 내놔!"

소리만으로도 얼마나 많은 이들이 몰려들었는지 짐작할 수 있었다. 물건을 집어 던지고 때려 부수는 소리가 잇따라 나더니 호루라기 소리와 사람들의 비명이 이어졌다.

"이건 또 뭐지?"

하루와 린의 불안한 눈길이 공중에서 부딪쳤다.

양정필, 1923년 도쿄

"정필아, 정필아!"

누군가의 목소리가 어렴풋이 들렸다.

'아, 아버지인가. 나도 죽어서 돌아가신 아버지를 만난 건가.'

정필은 꿈속인 듯 몽롱했다. 눈을 뜨고 싶지만 아무리 힘을 줘봐도 돌로 누르기라도 하는 것처럼 무거운 눈꺼풀을 들어 올릴 수 없었다. 누군가 찰싹찰싹 뺨을 때리는 느낌이 났다.

"정필아, 정신 차려."

지독한 썩은 내가 사방에서 풍겨 왔다. 온몸이 욱신거렸다. 정필은 힘겹게 눈을 떴다. 퉁퉁 부어오른 눈꺼풀 사이로 박씨의 근심 어린 얼굴이 보였다. 정필이 눈을 뜨자 피와 흙먼지로 범벅이 된 박씨의 얼굴에 안도의 빛이 떠올랐다.

"그래, 정신 차려야지. 어서 정훈이 찾아야 하잖아."

박씨의 말에 정필은 비로소 정신이 번쩍 들었다.

"여기가 어딥니꺼?"

고개를 좌우로 돌리던 정필은 흠칫 놀랐다. 온통 죽은 사람의 몸뚱이 천지였다. 자신이 깔고 누워 있는 것마저 시체라는 것을 깨닫고 정필은 기겁했다.

"경찰서에 임시로 시체 보관소를 만들어 놨어. 하도 죽은 사람들이 많으니."

"이 많은 사람이 다 맞아 죽은 조선인이라예?"

"그렇지는 않겠지. 지진이나 화재로 죽은 일본인도 많으니까. 그래도 상당수는 죄 없이 살해당한 조선 사람이겠지. 혼절한 너와 지씨도 산송장이나 다름없으니 이리로 끌고 오기에 몰래 따라 들어왔단다."

정필은 그제야 생각난 듯 외쳤다.

"아재는예?"

박씨가 옆에 있는 지씨를 흔들었다.

"여봐, 정신 좀 차려 봐."

박씨가 계속해서 몸을 흔드니 죽은 듯 누워 있던 지씨가 움찔하며 반응을 보였다. 정필은 지씨가 살아 있는 것을 확인하자 마음이 놓였다. 하지만 박씨는 고개를 저었다.

"피를 너무 많이 흘렸어."

그 말에 대답이라도 하듯 지씨가 인상을 찡그리며 힘겹게 입을 열었다.

"서, 성님도 참! 나…… 아직 안 죽었어예."

"아재!"

정필은 울먹이며 지씨 손을 잡았다.

"정필아, 니는 꼭 살아남아서…… 훈이…… 찾아라. 훈이 잘 가르쳐서…… 부모님…… 원수 갚아야 된데이."

"아재도 퍼뜩 일어나이소. 둘째도 곧 태어날 낀데."

"나는 아무래도…… 힘들 거 같데이. 성님……."

박씨가 얼른 지씨 손을 잡았다.

"우리 연이하고 마누라 좀…… 부탁합니더. 꼭 찾아서…… 고향으로……."

지씨는 그대로 고개를 떨구었다.

"아재!"

정필이 무릎을 꿇고 통곡했다. 박씨가 지씨의 귀에 대고 말했다.

"걱정 말어. 내가 아주머니랑 연이 꼭 찾아서 무슨 일이 있어도 조선으로 돌아가게 할 테니. 자넨 이제 편히 가게."

이승을 쉬이 떠나지 못하는 영혼이 박씨의 다짐을 들었는지 지씨의 표정이 비로소 편안해졌다.

박씨는 지씨의 얼굴을 서럽게 쓰다듬었다. 고향에서 만세 운동하다 잡혀가 고문을 받고는 불구의 몸이 되어 버린 지씨였다. 그의 발목에는 피로 얼룩진 커다란 상처가 나 있었다. 쇠갈고리로 찍힌 자국이었다. 일본인들이 아직 숨이 붙어 있는 지씨를 시체 보관소로 옮길 때 어시장에서 커다란 생선을 들어 옮기듯 그의 발목을 쇠갈고리로 찍어 던진 것이다. 발목의 상처를 어루만지는 박씨의 손등에 뜨거운 눈물이 툭툭 떨어졌다.

"정필아, 여기서 이러고 있다가는 우리 둘 다 지씨 뒤를 따라가고 말 거다."

박씨의 단호한 말에 정필은 끙끙거리며 자리에서 일어났다.

"누가 들어오기 전에 어서 빠져나가자."

정필은 다리를 절뚝이며 걸었다. 상처에 염증이 퍼진 탓인지 땅을 디딜 때마다 극심한 통증이 밀려왔다.

"아프더라도 조금만 참아라."

박씨가 살그머니 문을 열고 좌우를 살피더니 정필에게 신호를 보냈다. 정필은 절뚝이면서 문밖으로 나왔다. 두 사람은 기둥에 몸을 숨겨 가며 경찰서 건물을 빠져나왔다. 여기부터는 특히 더 조심해야 했다. 박씨가 좌우를 살피고 나서 가까이 있는 나무 뒤로 이동했다. 정필이 따라가려다 발목을 부여잡으며 주저앉았다.

박씨가 얼른 뛰어와 정필을 부축했다.

"이런, 앞마당에 있는 여자애와 눈이 마주쳤어. 경관이랑 자경단원도 옆에 있는데 어쩌지."

박씨는 낭패라는 듯 정필에게 속삭였다.

"죄송합니더, 저 때문에."

"아니다, 그런 말 하지 말거라."

그런데 갑자기 여자아이가 땅에 쓰러지더니 밧줄에 묶인 남자아이도 같이 쓰러지는 게 아닌가. 박씨의 눈이 반짝 빛났다.

"지금이야, 얼른 가자."

두 사람은 경찰서 앞마당이 소란스러워진 틈을 타서 도망치려 했다. 정필은 악 소리가 절로 터져 나오려는 것을 이를 악물고 참았지만 마음처럼 빨리 움직일 수 없었다.

언제 경관이나 자경단원의 눈에 띨지 몰라 정필은 심장이 바짝바짝 타들어 갔다. 그런데 때마침 단발머리 여자가 나타나 그들과 이야기를 주고받는 것이었다. 뚱뚱한 자경단원의 눈길이 두 사람이 있는 쪽을 향할 때마다 여자는 그에게 계속 말을 걸었다. 그 덕분에 정필과 박씨는 무사히 몸을 피할 수 있었다. 단발머리가 수다쟁이인 것은 정필과 박씨에게 천운이었다.

인적이 드문 골목, 담벼락에 몸을 기댄 박씨가 정필의 어깨를 두드렸다.

"하늘이 우릴 돕는가 보다."

정필은 문득 생각난 듯 안주머니에 손을 넣어 꼭꼭 숨겨 둔 만년필을 꺼냈다.

"정훈이 생일 선물이라고 했지?"

정필이 미소 지으며 고개를 끄덕였다. 뚜껑을 열자 올리브 잎사귀가 새겨진 금속 펜촉이 달빛을 받아 반짝 빛을 냈다.

"그거 사느라 그동안 힘들게 번 돈 다 썼겠구나. 아주 귀한 물건 같아 보이는걸."

"훈이는 앞으로 공부를 계속할 거니까 오래오래 쓰라고예."

"그래, 그래야지. 나는 바로 동네로 가 봐야 할 것 같다. 지씨 댁이 홀몸도 아닌데 연이까지 데리고 멀리 가지는 못했을 거야. 너도 지금 같이 갈 테냐?"

정필의 얼굴이 어두워졌다.

"저는 훈이 학교 기숙사로 가 볼게예. 아무래도 눈으로 봐야 마음이 놓일 것 같심더."

"그렇기는 하지. 이런 상황에 전보를 칠 수도 없고."

"다들 무사할까예?"

"우리가 겪은 일을 정훈이나 지씨네 식솔들은 기적적으로 피했기만을 바라야지."

"어제가 훈이 생일이었는데……"

정필은 만년필을 만지작거리며 중얼거렸다.

마에다 린, 1923년 도쿄

인근에서 몰려든 마을 자경단원들이 데라지마 경찰서 앞마당을 가득 메웠다. 흰 머리띠를 이마에 질끈 묶은 남자가 군중 앞으로 나섰다.

"여기 센진 폭도들이 있다는데 내주시오. 우리가 처리하겠소."

경찰서장이 나와서 말렸다.

"이곳에 있는 센진들은 폭도가 아니오. 우리가 보호하고 있다가 사태가 수습되면 내보낼 테니 돌아들 가시오."

"센진들은 우리 원수요! 우리 부모 형제를 죽인 나쁜 놈들이란 말이오. 어서 내놓으시오!"

자경단원들이 죽창을 높이 들고 외쳤다.

"내놔라! 내놔라!"

경찰서장이 성을 버럭 내며 맞섰다.

"어허, 여기가 어디라고! 당장 돌아들 가시오!"

하지만 사람들은 이미 피 냄새를 맡은 들개처럼 잔뜩 흥분해 있었다. 군중 속에서 누군가 외쳤다.

"우리가 나서서 해치우자!"

그 말이 신호탄이 되어 자경단원들은 함성을 지르며 달려들었다. 엉거주춤 서 있는 경찰서장과 경관들을 순식간에 밀어내고 경찰서 안으로 뛰어들었다. 그들은 쇠막대기와 죽창을 휘두르며 집기들을 마구잡이로 때려 부수기 시작했다.

유치장 밖에서 들려오는 요란한 소리에 하루와 린은 초조해 어쩔 줄을 몰랐다. 도망치고 싶어도 유치장 문이 잠겨 있어 발만 동동 구를 뿐이었다.

"우리 여기서 죽는 거야? 이제 어떡해."

린이 울먹였다. 그때였다. 제복 단추가 뜯겨 나가고 머리는 엉망으로 헝클어진 젊은 경관 하나가 달려왔다. 그의 손에는 주렁주렁 달린 열쇠 꾸러미가 들려 있었다. 그는 허둥지둥 자물쇠를 풀고 유치장 문을 활짝 열었다.

"얼른 피해요, 얼른! 여기 있다간 다 죽어요!"

젊은 경관은 사람들이 나갈 수 있도록 경찰서 뒷문을 열어 주었다. 린과 하루는 얼른 정신을 차리고 경관이 가리키는 방향으로 뛰기 시작했다. 뒷문으로 빠져나가려던 하루가 멈칫하며 뒤를 돌아보았다. 몇몇 조선 사람들은 무슨 영문인지 모른 채 유치장 안에서 우왕좌왕하고 있었다.

하루가 발악하듯 한국말로 소리쳤다.

"빨리 나와서 도망쳐요, 지금 당장!"

유치장 안에 남아 있던 사람들은 화들짝 놀라 서둘러 도망치기 시작했다. 아이 엄마도 여자아이를 데리고 허둥지둥 유치장을 빠져나왔다.

뒷문을 지나 밖으로 나오니 야산으로 이어지는 길이 보였다. 사람들은 걸음아 날 살려라 하고 산으로 뛰기 시작했다. 하지만 만삭의 임신부가 산길을 오르는 것은 몹시 힘에 부치는 일이었다. 아이 엄마와 여자아이는 계속 뒤처졌다. 뒤에서는 자경단원들이 분노에 찬 괴성을 지르며 죽창을 들고 쫓아오고 있었다.

아이가 제 엄마 손을 잡아끌며 보챘다.

"엄마, 빨리! 빨리! 무서운 사람들이 막 쫓아와!"

린도 발을 동동 굴렀다.

"조금만 더 힘을 내세요!"

"배가……."

아이 엄마는 거친 숨을 몰아쉬며 급기야 걸음을 멈추었다. 배를 감싸 쥐고는 허리를 굽히며 고통스러운 신음을 내뱉었다. 다리 밑으로 붉은 피가 주르륵 흘러내렸다.

"어쩜 좋아!"

린은 울상을 하고 아이 엄마를 부축했다. 아이 엄마가 린의 손을 꼭 붙잡고 울먹였다.

"우리 연이 좀 부탁해요."

연이 엄마가 연이 손을 끌어다 린의 손을 잡게 했다.

"제발 부탁입니다. 연이 아버지한테 데려다주세요. 혼조구(지금의 도쿄시 스미다구)에 살고 있어요."

연이 엄마 눈에서 눈물이 흘렀다. 그의 다리를 타고 흐르는 선명한 붉은 빛깔 때문일까. 마치 피눈물이 흘러내리는 것 같았다. 린의 눈에서도 어느새 눈물이 흐르고 있었다. 심상치 않은 분위기를 눈치챘는지 연이는 제 엄마 팔을 잡고 매달렸다.

연이 엄마가 딸에게 단호하게 말했다.

"이 언니 오빠 따라서 아버지한테 가. 그러면 엄마도 얼른 뒤따라갈게."

"싫어, 엄마도 같이 가."

연이가 더 크게 울면서 매달렸다. 자경단이 턱 밑까지 쫓아오고 있었다.

연이 엄마는 딸을 모질게 밀어내며 소리쳤다.

"어서 가요, 어서! 제발!"

하루가 발버둥 치는 연이를 와락 들어 올렸다. 그러고는 있는 힘을 다해 달리기 시작했다.

"엄마!"

연이의 외침이 메아리가 되어 돌아왔다. 하루는 자꾸만 앞을 가리는 뜨거운 눈물을 훔치지도 못한 채 앞만 보고 달렸다. 린은 하루를 따라 달리면서도 자꾸만 뒤를 돌아보았다. 연이 엄마를 두고 가려니 도저히 발길이 떨어지지 않았지만 연이 엄마와 함께 남으면 뒤쫓아오는 자경단의 손에 모두 다 죽임을 당하고 말 것이다. 누구보다 연이 엄마가 그것을 원치 않을 터였다.

연이 엄마는 의연하게 버티고 서서 들짐승처럼 피에 굶주린 자경단을 맞았다.

"뭐야, 쥐새끼들은 다 도망가고 배불뚝이만 남아 있잖아!"

약이 바짝 오른 사내가 괴상한 소리를 지르며 연이 엄마를 향해 칼을 휘둘렀다.

"으윽!"

연이 엄마는 외마디 비명을 지르며 쓰러졌다.

"아가, 미안하다. 내…… 아가!"

세상의 빛을 끝내 보지 못한 배 속의 아기에게 엄마가 마지막으로 남긴 말이었다.

피가 낭자한 가운데 마지막 숨을 헐떡이는 연이 엄마를 무심히 지나치며 자경단원 둘이 수군거렸다.

"이봐, 아가가 무슨 뜻이야?"

"몰라. 알 게 뭐야."

앞선 무리 가운데 하나가 소리쳤다.

"서둘러, 쥐새끼들이 산속으로 다 숨어 버리기 전에 하나라도 더 찾아내야 해."

그들은 손에 묻은 피를 옷에 쓱쓱 문질러 닦으며 산길을 뛰어 올라갔다.

연이 엄마와 배 속 아기의 원통한 영혼을 달래 주려는 걸까. 한 줄기 달빛이 곁에 남아 오래도록 비춰 주었다.

양정훈, 1923년 도쿄

정훈은 최대한 자연스럽게 보이려고 애쓰며 기차역을 빠져나왔다. 너무 서둘러서도 안 되고 불필요하게 주변을 두리번거리는 티를 내서도 안 되었다. 최선을 다해 주의하되 주의하는 티를 내지 않도록 조심할 것. 그것이 지금 정훈에게 주어진 가장 중요하면서도 어려운 과제였다.

정훈은 조금 전 열차에서 겪은 일이 꿈처럼 아득하게 느껴지며 도무지 현실감이 들지 않았다.

지진 이후에 일본 곳곳에서 불이 나고 피난민이 쏟아지면서 조선인에 대한 흉흉한 소문이 돌기 시작한 것은 정훈도 알고 있었다. 하지만 정훈은 조선에서 온 노동자들과 달리 학생 신분으로 교복을 입고 있어 거리에서 마주친 자경단원의 검문을 어렵지 않게 피할 수 있었다.

정훈은 조선인 여럿이 굴비 두름처럼 철사에 엮여 어디론가 끌려가는 것을 보았다. 또한 조선인을 잡아 놓고는 돌을 던지거나 뭇매를 퍼붓는 일본인들과 마주치기도 했다. 당하는 조선 사람들은 대부분 일본으로 일자리를 찾아온 가난한 노동자였다. 일본말을 배울 틈도 없이 타국 땅에서 중노동에 시달리다가 난데없이 지진이라는 커다란 재난을 당한 사람들일 뿐이었다. 무기를 구할 돈도, 조직적으로 움직이며 폭력을 행사할 여력도 없는 그들이 어떻게 지진이 나자마자 갑자기 폭도가 되어 일본 사람들을 공격한단 말인가. 정훈은 세간에 떠도는 '조선인 폭동설'은 말도 안 되는 헛소문이라고 생각했다. 그러나 소문은 도쿄에서 시작되어 인근 지방으로 널리 퍼져 나가고 있었다.

정훈은 일본 정부가 천재지변에 제대로 대처하지 못한 자신들의 잘못을 덮기 위해 가장 약하고 힘없는 조선인 노동자들에게 화살을 돌리고 있다고 확신했다. 졸지에 가족과 재산을 잃은 일본 국민의 분노가 정부와 천황에게 향하는 것을 막기 위해서 말이다.

조선 사람들이 죄 없이 당하는 모습과 마주칠 때마다 정훈은 억울하고 분한 마음에 속에서 천불이 나고 눈물이 솟구쳤다. 하지만 아무 힘도 없는 처지이기에 동포들이 당하는 모습을 비겁하게 외면할 수밖에 없었다. 또 한편으로는 정필이 형도 어디에선가 저렇게 당하고 있는 건 아닐까 하는 걱정과 두려움에 속이 새까맣게 타들어 갔다.

형에게 전보를 치려고 전신국을 찾아간 정훈은 송수신 탑이 쓰러져 있는 것을 보고는 그대로 발길을 돌려야 했다. 전신 업무가 회복될 때까지 얼마나 더 기다려야 할지 알 수 없었다. 결국 정훈은 학교 기숙사를 나와 형을 보러 가기로 마음먹었다. 그는 교복을 입고 열차를 타러 기차역으로 향했다.

열차 안은 피난민들로 빽빽이 들어차 비집고 들어갈 틈도 없을 정도였다. 열차에 타지 못한 사람들은 지붕 위까지 올라가 자리를 잡았고, 더러는 열린 문에 아슬아슬하게 매달려 가기도 했다. 보일러실 주변까지 점령한 사람들은 열차라는 거대한 먹잇감에 달려든 개미 떼처럼 보였다. 그 수많은 사람이 저마다 겪은 지진 경험담을 늘어놓기 시작하자 열차 안은 귀청을 뚫을 듯 소란스러워졌다.

"그 큰 건물이 그리 폭삭 무너져 버릴 줄 누가 알았겠어요. 와르르 무너지는 걸 내가 이 두 눈으로 똑똑히 지켜봤다니까. 어휴, 거기 깔려 죽은 사람들이며 지나다가 떨어지는 건물 잔해에 맞아 죽은 사람들이며……. 얼마나 많은지 말도 못 해요."

"우리 동네는 화재로 모조리 타 버렸어요. 지진 난 뒤에 바람이 엄청나게 불었잖아요. 아무리 꺼 보려고 해도 점점 더 거세게 옮겨붙으니 결국 다 포기하고 도망쳐 나올 수밖에요. 목숨이라도 붙어 있는 게 다행이다 싶어요."

"그 동네도 혹시 조센진들이 불을 놓은 게 아니오? 다른 데서는 경찰이랑 자경단이 몰래 불을 놓고 다니는 조센진들을 숱하게 잡아들였다던데."

"그런지도 모르지요."

맞장구를 치는 사람들 틈에서 정훈은 눈을 감고 자는 척을 했다. 누군가 창밖을 가리키며 외쳤다.

"저기 좀 봐요!"

열차는 아라카와강을 가로지르는 철교 위를 달리고 있었다. 강물 위를 둥둥 떠다니는 시체들이 셀 수조차 없이 많았다.

와! 여기저기서 아우성이 터져 나왔다.

"저게 다 조센진 시체래요?"

갑자기 열차 안은 정체를 알 수 없는 흥분과 광기로 달아올랐다. 창밖을 보며 들썩이는 사람들 틈바구니에서 정훈은 말로 표현하기 힘든 공포를 느꼈다. 저 강물 위를 떠다니는 시체 가운데 하나가 내 형이라면……. 지씨 아저씨나 박씨 아저씨라면……. 상상만으로도 가슴을 옥죄는 아픔이 밀려왔다. 아득한 심정으로 정훈은 강물에서 눈을 뗄 수 없었다.

"당신이 내 발을 밟았잖아!"

"내가 언제? 난 아니라니까."

"방금 밟아 놓고 아니라고 잡아떼면 다야?"

"아니니까 아니라고 하지!"

좁은 열차 한쪽 구석에서 시비가 붙은 모양이었다. 한 사람은 재향 군인인지 철 지난 군복을 입고 있고, 다른 한 사람은 하오리를 걸친 덩치 좋은 남자였다. 하오리를 입은 남자가 커다란 덩치를 앞세워 재향 군인의 어깨를 떠밀자 뒷걸음질로 물러나다가 볼썽사나운 꼴로 바닥에 주저앉고 말았다. 분한 기색으로 눈을 번뜩이던 재향 군인이 갑자기 벌떡 일어나더니 덩치를 가리키며 외쳤다.

"이보시오, 여기 센진이 있소!"

덩치가 기가 막힌다는 듯 되받아 물었다.

"내가? 센진이라고?"

주변 사람들이 웅성거리기 시작했다. 재향 군인은 더욱 큰 소리로 기세등등하게 외쳤다.

"이 뻔뻔스러운 놈, 여기까지 숨어들다니!"

덩치는 당황한 나머지 말까지 더듬었다.

"무, 무슨 근거로? 나…… 난 일본 사람이야!"

사람들 사이에서 누군가 외쳤다.

"말을 더듬는 걸 보니 센진 맞네!"

우, 갑자기 야유가 터져 나왔다. 열차 바닥이며 통로에 옹기종기 앉아 있던 사람들이 한꺼번에 벌떡 일어나 덩치를 둘러쌌다. 그는 겁에 질려 두 손을 내저으며 외쳤다.

"난 센진 아니에요! 아니라고요!"

하지만 이미 사람들은 그의 말에 귀 기울일 마음이 없었다. 성난 사람들이 저마다 질러 대는 통에 덩치의 말은 아예 들리지도 않았다.

"센진이 아니라는 증거를 대!"

"악랄한 놈! 폭탄을 숨기고 있나 뒤져 봐!"

사람들이 덩치에게 달려들자 순식간에 하오리가 찢겨 나갔다. 이상한 열기에 들뜬 사람들은 그를 더욱 몰아세웠다.

"그만둬! 그 사람 일본인이야."

누군가 외쳤지만 그 소리는 사람들의 아우성에 파묻히고 말았다. 때마침 열차가 다음 역에 도착하자 사람들이 달려들어 덩치를 열차 밖으로 끌어 내렸다. 플랫폼에는 열차를 타고 도망치는 조선인을 잡으려고 그 동네 자경단원들이 진을 치고 기다리고 있었다. 자경단의 손에 넘겨진 덩치는 날아오는 주먹과 발길질에 쓰러져 땅바닥을 뒹굴었다.

정훈은 똑똑히 보았다. 누군가 휘두른 쇠갈고리가 덩치의 정수리를 향해 날카롭게 번뜩이는 것을. 곧이어 자경단의 발치로 붉은 피가 쏟아져 내렸다. 바닥에 붉은 발자국을 남긴 채 자경단원들은 덩치를 질질 끌고 가 버렸다. 순식간에 벌어진 일이었다.

덩치를 자경단에 넘긴 승객들은 큰 공이라도 세운 것처럼 기세등등하게 열차로 돌아왔다. 그들이 내뿜는 살기에 열차 안의 공기마저 탁한 핏빛으로 물들어 가는 것만 같았다.

정훈은 숨이 차고 어질어질했다. 그때 덩치를 조선인으로 몰아간 재향 군인의 모습이 정훈의 눈에 띄었다. 그는 멋진 풍경이라도 감상하는 것처럼 여유로운 표정으로 창밖을 내다보고 있었다. 정훈은 분노가 솟구쳤다. 쏘아보는 눈길을 느꼈는지 재향 군인이 뒤를 돌아보았다. 공중에서 정훈과 재향 군인의 눈길이 팽팽하게 맞부딪쳤다. 당장이라도 "저놈이야말로 진짜 센진이오!"라고 군인이 소리칠 것 같았지만 정훈은 그의 눈길을 피하고 싶지 않았다. 오직 그것만이 자신이 할 수 있는 유일한 저항이라고 생각했다.

재향 군인은 곧 시시하다는 듯 눈싸움을 그만두고 다시 창밖으로 고개를 돌려 버렸다. 정훈은 참았던 숨을 토해 냈다. 빽빽이 들어찬 열차 안 사람들 누구와도 눈을 마주치고 싶지 않아 눈을 감아 버렸다.

아라카와 역에 도착하자마자 정훈은 뒤도 돌아보지 않고 열차를 빠져나왔다. 언제, 어디에서 또 조선인을 잡으려는 인간 사냥꾼 무리와 마주치게 될지 몰랐다. 최대한 자연스럽게 보여야 한다고 생각했다. 그러나 그의 발걸음은 생각과 달리 점점 빨라졌다. 조금 전부터 수많은 인파 속에서도 또렷이 그를 쫓아오고 있는 발걸음 소리 때문에 신경이 곤두섰다. 발소리는 조금씩 빨라지고 점점 더 또렷해졌다.

정훈의 목덜미에서 식은땀이 흘러내려 검은 교복 깃을 적셨다.

탁, 탁, 탁!

뒤에서 그를 쫓는 이들이 본격적으로 따라붙는 모양이었다. 정훈은 주변을 돌아볼 틈 없이 속도를 내어 도망치기 시작했다. 하지만 그를 뒤쫓는 이들은 포기하지 않고 집요하게 따라왔다.

기차역을 나와 골목길 모퉁이를 돌 때 정훈은 마주 오던 사람과 부딪칠 뻔했다. 정훈이 휘청하는 순간, 그 틈을 놓치지 않고 뒤를 쫓던 사람이 정훈의 옷자락을 덥석 잡아챘다. 정훈은 뒤를 돌아보는 동시에 있는 힘껏 주먹을 날렸다.

마에다 린, 1923년 도쿄

"어이쿠!"

하루가 코를 감싸 쥐며 털썩 주저앉았다. 시뻘건 코피가 주르륵
흘렀다. 정훈이 재빨리 달아나려 하자 하루가 한국말로 소리를
꽥 질렀다.

"사람을 때려 놓고 어딜 가요?"

정훈은 눈이 휘둥그레져서 하루에게 다가왔다.

"우리 동포요?"

그때 뒤에서 숨을 헐떡이며 린과 연이가 나타났다.

"오라버니!"

연이가 뛰어와 정훈에게 매달렸다. 정훈이 놀란 얼굴로 연이를
얼른 안아 올렸다.

"아니, 네가 여기 왜?"

정훈은 도무지 영문을 모르겠다는 듯 물었다.

"어무이는 어디 가셨노? 이 사람들은 대체 누고?"

"엄마가 이 언니 오빠 따라가면 금방 올 거라고 했어."

연이가 와락 울음을 터뜨렸다. 정훈은 의심에 찬 눈빛으로 하루와 린을 번갈아 노려보았다.

"실은……."

하루가 그간의 사정을 대강 설명했다.

"그래서 연이 어머니가 알려 주신 동네로 찾아가는 길이었어요. 그쪽이 기차역에서 지나가는 걸 우연히 보고, 연이가 우리 마을에 사는 오라버니라고 해서 따라온 거예요. 사람들이 쳐다볼까 봐 큰 소리로 부를 수도 없고, 어휴."

하루는 정훈에게 얻어맞은 코를 손으로 문지르며 인상을 썼다. 어찌나 아픈지 코뼈가 부러진 게 아닌지 의심스러울 지경이었다.

"그렇다면 연이 어머니는……."

정훈은 차마 말을 잇지 못했다. 하루도 말없이 고개만 숙였다. 구석에서 가만히 서 있던 린이 갑자기 정훈을 향해 구십 도로 허리를 숙이며 말했다.

"죄송합니다, 정말 죄송합니다."

정훈은 깜짝 놀랐다.

"아니, 아가씨가 왜……?"

린은 눈물을 훔치며 울먹였다.

"일본 사람들이 죄 없는 조선 사람을 마구잡이로 학살하고 있어요. 저도 일본 사람입니다. 정말 죄송합니다."

린은 다시 한번 고개를 숙였다. 정훈은 고개를 저었다.

"아닙니다. 아가씨 탓이 아니지요. 물론 개중에는 힘없는 조선 사람에게 분풀이하는 나쁜 일본인도 있지만 대부분의 일본 사람은 자신의 마을을 지키고, 나라를 지킨다는 생각으로 저러고 있는 겁니다. 정말 사죄를 해야 할 이들은 재난 상황에서 가장 약하고 힘없는 조선인 노동자들에게 모든 책임을 뒤집어씌운 천황과 일본 정부지요."

정훈이 한숨을 쉬고는 다시 말했다.

"아무튼 고맙습니다. 일본 사람 중에도 이렇게 마음 아파하며 책임감을 느끼는 사람이 있다는 것만으로도 큰 위로가 됩니다. 연이를 여기까지 데려다주셔서 정말 고맙습니다. 이제 저희는 집으로 가 보겠습니다."

그새 정이 들었는지 연이는 린과 하루에게 조그만 손을 한참이나 흔들어 주었다.

두 사람의 뒷모습을 보며 하루와 린은 큰일을 해냈다는 안도감에 골목길 구석에 털썩 주저앉았다.

린이 혼잣말처럼 중얼거렸다.

"연이가 무사히 아빠를 만날 수 있어야 할 텐데."

"그럴 수 있기를 바라야지."

하루는 옅은 한숨을 뱉었다.

둘은 한참 동안 말없이 길바닥에 주저앉아 있었다. 이틀 사이에 너무 많은 일을 겪어서인지 도무지 현실감이 없었다. 어쩌면 정말로 꿈속에서 헤매고 있는 것인지도 몰랐다. 차라리 꿈이라면 좋겠다고 생각하며 린은 얼굴을 무릎에 파묻었다.

하루가 하늘을 올려다보며 말했다.

"우린 이제 어디로 가야 하지?"

그 말에 무언가 생각난 듯 린이 외쳤다.

"맞다!"

다급한 손길로 주머니를 뒤지던 린의 얼굴이 환해졌다.

"있다, 있어!"

린의 손에 들린 검은 수첩을 보고 하루의 얼굴에도 미소가 떠올랐다.

"그래, 여기서 뭔가 단서를 찾을 수 있을지도 몰라."

두 사람은 머리를 맞대고 할머니의 수첩을 살펴보기 시작했다.

2023년 1월 10일

새해가 밝았다. 시계의 초침 소리조차 날 초조하게 한다. 내게 허락된 시간이 과연 얼마나 남았을까. 다시 과거로 돌아가기 위해 온갖 방법을 써 보았지만 모두 소용없었다. 내게 주어진 기회는 단 한 번뿐이었던 걸까. 절망스럽기만 하다.

"아!"

"앗!"

둘은 놀라서 동시에 외쳤다. 린이 무릎을 탁 쳤다.

"할머니도 만년필 펜촉을 통해 과거로 시간 여행을 하셨던 거야. 우리랑 똑같이!"

"그래서 불단의 문을 잠가 둔 거였구나. 아무나 펜촉을 건드리지 못하게 하려고 말이야."

하루가 손가락을 소리 나게 튕겼다.

"할머니가 돌아가시기 전에 누군가를 간절히 찾고 있었다고 했지? 혹시 과거로 와서 겪은 일과 관련이 있는 걸까?"

린이 미간을 찡그리더니 수첩을 가리켰다.

"좀 더 읽어 보자."

2023년 2월 13일

오늘도 공터에 나와 서성였다. 이곳에 우뚝 서 있던 굵은 소나무는 밑동까지 완전히 잘려 나가 흔적조차 찾아보기 어렵다. 그들은 무엇이 두려워 과거의 흔적까지 말끔히 지우려 하는 걸까. 과거의 악행이 업보로 돌아오는 것이 두렵다면 지금이라도 잘못을 바로잡기 위해 노력해야 하는 게 아닐까.

언덕길을 따라 하나둘 들어서기 시작한 세련된 주택들이 이제는 공터 바로 앞까지 차지했다. 이곳에 땅을 사고 집을 지은 이웃들은 알고 있을까. 날마다 새로 지어지는 집들 사이에서 오직 이 공터만이 덩그러니 비어 있는 까닭을.

하루가 한껏 들뜬 표정으로 말했다. 한 옥타브쯤 올라간 목소리였다.

"언덕길, 새로 지은 세련된 주택들, 그리고 공터! 뭐 생각나는 거 없어?"

"여긴……?"

린이 눈을 반짝였다.

"우리 할머니 집이잖아. 언덕길을 올라갈 때 양옆으로 새로 지은 주택들이 많이 보였어. 할머니 집 바로 옆에는 그리 넓지 않은 공터가 있었고."

"맞아! 그때 좀 이상하다고 생각했거든. 집들이 빼곡하게 들어선 주택가인데 거기만 꼭 일부러 빼놓은 것처럼 보였단 말이야. 역시 뭔가 이유가 있었던 거야."

"그 이유가 뭘까?"

하루는 천천히 고개를 저었다.

"어쨌든 확실한 건, 소나무가 잘려 나간 그 공터에 뭔가 비밀이 숨겨져 있다는 거야."

잠깐 생각에 잠겨 있던 하루가 또다시 손가락을 튕겼다.

"할머니가 시골집을 떠나서 도쿄로 오셨다고 했지? 어쩌면 말이야, 할머니는 일부러 그 공터 옆으로 이사하신 걸 수도 있어.
물론 내 짐작일 뿐이지만."

린의 눈동자가 불안하게 흔들렸다.

과거의 악행이 업보로 돌아온다……. 할머니가 꾹꾹 눌러쓴 글
자들이 수첩에서 튀어나와 린의 가슴에 날아와 박히는 것만 같
았다.

양정필, 1923년 도쿄

정필과 박씨는 갈림길에 이르러 멈춰 섰다.

"여서부터는 갈라져야 되겠네예."

박씨가 손을 내밀었다.

"부디 몸조심해라."

"아재도예."

두 사람은 서로 손을 맞잡았다. 다시 만날 수 있을지 알 수 없는 헤어짐이었다. 박씨는 정필의 손을 쉽사리 놓지 못했다.

"꼭 정훈이 찾아서 집으로 돌아와라. 그러지 않으면 내가 너희 부모님 뵐 낯이 없어."

"우리 다시 모이면 정구지에 막걸리 한잔 하입시더. 연이랑 아주머니랑 다 같이 아리랑 부르면서예. 그럼 지씨 아저씨도 하늘에서 기뻐하시겠지예."

"그래, 그러자꾸나."

박씨가 어서 가라는 듯 손짓했다.

정필은 돌아섰다. 지옥 같은 일본 땅에서 이제부터 혼자 앞길을 헤쳐 나가야 한다고 생각하니 차마 발길이 떨어지지 않았다. 하지만 동생을 생각하며 용기를 냈다. 안주머니에 손을 넣어 형겊에 잘 싸 놓은 만년필을 어루만졌다.

'훈아, 니한테 생일 선물 꼭 전해 줄 테니 조금만 기다리라.'

정필은 아픈 발에 잔뜩 힘을 주고 애써 꼿꼿하게 걸었다. 절룩이는 모습을 보여 박씨에게 걱정을 끼치고 싶지 않았다. 하지만 멀리 가지 못하고 길가에 있는 바위에 주저앉고 말았다.

"다리를 다쳤나 봐요."

정필은 흠칫 놀랐다. 웬 노파가 걱정스러운 눈으로 보고 있었다. 노파가 손가락으로 오른쪽을 가리켰다.

"저쪽 모퉁이를 돌면 절이 하나 나오는데, 거기에 의사들이 나와서 다친 사람들을 치료해 주고 있어요. 청년도 가 봐요, 많이 아파 보이는데."

"고맙습니다."

정필은 노파에게 자신이 조선인인 것을 들킬까 봐 황급히 일어나다가 악 소리를 내며 주저앉았다. 노파가 혀를 차며 정필을 부축해 일으켰다.

"저런, 크게 다친 모양이네. 지진 때문에 다친 사람들은 넘쳐나는데 병원도 무너져 버렸으니 큰일이지 뭐요. 그래도 환자를 치료하겠다고 거리로 나선 의사들이 있으니 다행이지. 내가 부축해 줄 테니 같이 갑시다.”

정필은 손사래를 쳤다. 노파와 동행하며 대화가 길어졌다가 조선인인 것을 들키기라도 하면 큰일이다.

“괜찮습니다, 혼자 갈 수 있어요. 정말 고맙습니다.”

정필은 허리를 숙여 인사했다. 노파가 알았다는 듯 종종걸음으로 앞서갔다. 정필은 노파의 뒷모습을 바라보며 생각에 잠겼다.

‘낯선 이에게 저렇게 친절한 사람도 내가 조선 사람인 걸 알면 달라질까?’

정필은 머리카락을 흩뜨리며 쓸데없는 생각을 몰아냈다. 그리고 천천히 걸어 노파가 알려 준 절을 찾아갔다.

마당 한편 묘지에 십여 개의 비석이 늘어서 있는 조그마한 절이었다. 노파의 말대로 의사로 보이는 서너 사람이 마당에 작은 책상을 내놓고 앉아 환자를 보고 있었다. 각각의 의사 앞에는 모두 환자들의 줄이 제법 길었다. 정필은 그중 가장 구석진 줄에 가서 섰다.

그다지 오래 지나지 않았을 때였다. 절 바깥에서 우우, 하는 함성과 시끄러운 소리가 들렸다. 정필은 못 들은 척 머리를 외로 꼬고 서 있었다. 궁금증을 참지 못한 몇몇이 밖으로 나갔다가 뛰어들어오며 소리쳤다.

"군인이랑 순사들이 센진 무리를 줄줄이 철사로 묶어서 끌고 가고 있어!"

"나라시노 수용소로 보내서 보호한다나 봐!"

진료를 받으려고 줄에 서 있던 사내가 성을 내며 끼어들었다.

"센진을 보호해 줘? 우리 부모 형제를 죽인 원수들을 왜 우리 군대가 보호해 준다는 거야?"

사내의 불평에 호응이라도 하듯 밖에서는 사람들의 성난 외침이 쏟아졌다.

"넘겨라! 우리의 원수를 넘겨라!"

사내는 못 참겠다는 듯 팔을 걷어붙이고는 절 바깥으로 달려 나갔다. 그러자 의사 앞에 얌전히 줄을 서 있던 환자들이 갑자기 돌풍에 휩싸이기라도 한 것처럼 우르르 밖으로 뛰어나갔다. 돌멩이를 닥치는 대로 주워 안고 가는 사람, 절 마당을 쓸던 빗자루를 거꾸로 들고 뛰어가는 사람…….

앞에 서 있던 환자들이 순식간에 사라져 버리자 정필은 의사와 단둘이 마주 보고 선 꼴이 되었다. 늙은 의사가 정필에게 다가와 앉으라고 손짓했다. 정필은 순간 망설였다. 이대로 도망쳐 버릴까 하고 생각했지만 달아나는 순간 성난 무리가 곧바로 쫓아올 것이 분명했다. 다친 다리를 끌고 그들의 손에 잡히지 않을 자신이 없었다. 정필은 할 수 없이 의사 앞에 놓인 의자에 가 앉았다.

"어디가 불편하오?"

정필은 또다시 망설였다. 칼에 찔린 상처를 보이면 혹시라도 조선인임을 눈치채지 않을까. 하지만 계속 버티고 있으면 더 의심을 살 터였다. 정필은 결국 바지를 걷어 올렸다. 의사가 인상을 찌푸리며 상처를 살폈다.

"꽤 깊이 찔린 모양이네. 지금 당장은 소독하는 것밖에 방법이 없지만 나중에라도 병원에 가서 꼭 제대로 치료받아야 하오."

의사는 상처를 소독하고 연고를 바른 뒤 붕대를 칭칭 감았다.

"와! 와!"

"만세!"

절 바깥에서는 사람들의 환호와 만세 소리가 하늘을 찔렀다.

"야, 이거 진짜 짜릿한데!"

"이런 때 아니면 언제 칼로 사람 베는 맛을 느껴 보겠어!"

"어디 몰래 숨어든 센진 없나? 눈 크게 뜨고 한번 찾아보자고."

축제라도 벌어진 듯 잔뜩 흥분한 사람들의 목소리가 정필의 귀에 날아와 꽂혔다. 정필의 얼굴은 분노와 두려움으로 벌겋게 달아올랐다. 의사가 정필의 기색을 힐끔 살피는 눈치였다. 혹시 알아챈 건가. 정필의 심장이 쿵쿵 빠르게 뛰기 시작했다. 의사는 붕대 끝을 접어 넣으며 티 나지 않게 좌우를 살폈다.

전장에서 크게 이기고 돌아온 병사들처럼 기세가 잔뜩 오른 사람들이 하나둘 절 마당으로 들어서고 있었다. 정필의 심장은 이제 가슴팍을 뚫고 나올 듯 거세게 뛰었다.

정필이 달아날 방향을 가늠하며 일어서려는 찰나, 의사가 정필의 귀에 대고 빠르게 속삭였다.

"절 입구에서 왼쪽으로 가면 곧 산길이 나와요. 부디 몸조심하시오."

정필은 뜻밖의 말에 놀라 그대로 얼어 버렸다. 의사는 평온한 얼굴로 다음 환자에게 오라고 손짓했다.

"고맙습니다."

정필은 허리를 깊이 숙여 감사의 마음을 전했다. 그러고는 절뚝거리며 절 마당을 빠져나가 왼쪽으로 길을 틀었다.

마에다 린, 1923년 도쿄

다시 캄캄한 어둠 속에 갇혀 버렸다. 엄습해 오는 두려움에 린은 몸을 잔뜩 웅크렸다. 하루는 어디로 가 버린 걸까. 분명 조금 전까지 같이 있었는데. 어찌 된 영문인지 린은 혼자 남겨졌다.

린은 한 마리 작은 짐승처럼 떨고 있다. 여기가 어디지? 주위를 둘러봐도 아무것도 보이지 않는다. 손을 뻗어 본다. 거칠고 딱딱한 물체가 만져진다. 린은 자신이 더듬고 있는 것이 거대한 나무 줄기임을 금방 깨닫는다.

저 멀리서 다가오는 불빛이 보인다. 횃불이 하나, 둘, 셋, 넷……. 점점 더 많은 횃불이 줄지어 린을 향해 다가온다. 아니다, 횃불이 아니다. 번쩍거리고 뾰족한 금속 펜촉이다. 엄청나게 커다란 금속 펜촉을 들고 무섭게 분장한 사람들이 린을 포위하듯 다가온다. 온몸을 휘감는 공포에 눈을 감아 버렸다. 오지 마, 가까이 오지 마! 외쳐 보지만 말은 소리가 되어 나오지 않고, 희미한 짐승의 울부짖음만 들릴 뿐이다.

도망치려는 린을 뒤에서 거대한 소나무가 막는다. 린은 꼼짝달싹할 수 없이 갇혀 버린다. 그때 바로 곁에서 누군가의 숨결이 느껴진다. 어, 이 냄새? 그토록 그리워하던, 할머니의 따스한 품에서 나던 바로 그 냄새다. 슬그머니 눈을 뜬 린은 곧바로 끝 모를 낭떠러지로 추락하는 것 같은 기분을 느끼고 만다. 할머니가 소름 끼치는 표정으로 웃고 있다. 할머니의 입꼬리는 누가 억지로 잡아당긴 것처럼 위로 한껏 찢어져 있다. 할머니의 두 눈이 금속 펜촉처럼 뾰족해지더니 붉은 핏방울이 눈물처럼 뚝뚝 떨어진다.

"악!"

린은 소리를 지르며 깨어났다.

"린!"

하루의 걱정스러운 얼굴이 성큼 다가왔다.

"괜찮아?"

린은 거친 숨을 몰아쉬었다. 꿈속에서 본 할머니의 끔찍한 얼굴이 떠올라 저절로 몸서리가 쳐졌다. 하루는 얼이 빠진 린을 보고는 어이없다는 듯 피식 웃었다.

"잠깐 쉬었다 가자더니, 그새 잠이 들어서 꿈까지 꾼 거야?"

두 사람은 할머니의 수첩에 적혀 있는 공터를 찾아가는 길이었다. 그곳에 뭔가 비밀이 숨겨져 있는 게 틀림없다며 하루는 자신

만만해했다.

"내 촉을 한번 믿어 보라고. 그동안 내가 읽은 추리소설을 모두 쌓아 올리면 도쿄 타워보다 더 높을걸."

린은 반신반의했지만 어차피 갈 곳도 없는 처지니 하루 말을 따르지 않을 이유가 없었다. 하지만 어쩐지 그곳을 찾아가는 것이 내키지 않았다. 아니, 두렵고 떨렸다. 차마 입 밖으로 내고 싶지 않은 끔찍한 사실과 마주하게 될 것 같은 느낌에, 린은 겁이 났다.

"저쪽으로 아라카와강이 흐르고 있으니 내 기억으로는 여기서 멀지 않은 곳이야. 저기 작은 언덕 보이지? 그 아래가 우리가 내린 전철역이 있던 데 같거든. 그러니까 저 언덕을 올라가면 그 공터를 찾을 수 있을 거야. 물론 지금은 공터가 아니라 거기에 소나무가 있겠지만."

하루는 까치발을 하고 먼 곳을 손가락으로 가리키며 우쭐거리다가 린을 보고는 깜짝 놀라 말을 그쳤다. 린의 얼굴이 하얗다 못해 푸른 기가 돌 만큼 창백했다.

"왜 그래? 어디 아픈 거야?"

린은 자리에 털썩 주저앉아 무릎 사이에 고개를 파묻었다.

"린!"

하루가 린의 곁에 쪼그려 앉았다.

"너 아까부터 엄청 이상했어. 괜찮으니까 뭐든 말해 봐."

린은 고개를 들고 울상을 했다.

"나 너무 무서워."

"뭐가?"

"할머니도 우리처럼 과거로 왔었다고 했잖아. 그때 할머니도 여기서 조선 사람들을 잔인하게 죽인 게 아닐까?"

린은 결국 울음을 터뜨렸다.

"할머니는 나한테 천사나 다름없는 분이었어. 그런데 혹시라도 내가 모르는 과거에는 나쁜 사람이었을까 봐, 난 그게 너무 무서워."

하루는 안쓰러운 눈빛으로 린을 바라보았다.

"그렇지 않을 거야."

"하지만 우린 할머니가 남긴 만년필 펜촉 때문에 여기까지 오게 됐어. 네가 그랬잖아. 우리가 과거로 오게 된 이유가 있을 거라고. 할머니의 끔찍한 업보 때문이 아니라면 우리가 여기까지 온 이유가 대체 뭐겠어?"

하루는 생각에 잠겨 있다 한참 만에 입을 열었다.

"한국에는 '한'이라는 말이 있대. 가슴에 사무치도록 억울하거나 슬픈 마음을 이르는 말이래. 한국에 계신 할머니가 들려주신 이야기인데, 한이 서린 물건은 영험한 능력이 있다고 하셨어."

"한이 서린 물건…… 그럼 그 만년필 펜촉에 한이 서려 있어서 우리를 여기까지 데려왔다는 말이야?"

"뭐, 그럴 수도 있지 않을까? 여기에 와서 우리가 보고 겪은 일들을 생각해 보면 말이야."

하루의 말에 린은 고개를 끄덕였다. 낯선 땅에 와서 영문도 모르고 억울하게 죽어 간 사람들의 심정을 생각하니 한이 서린다는 것이 무엇인지 온몸으로 느낄 수 있었다.

린은 여전히 자신 없는 말투로 우물거렸다.

"하지만 아직 모르겠어. 우리가 여기 온 진짜 이유가 무엇인지."

하루가 손가락을 탁 튕겼다.

"해답의 실마리는 언제나 현장에 있다! 내가 즐겨 읽는 추리소설에 나오는 말이야."

린도 이제는 결심한 듯 주먹을 불끈 쥐었다.

"좋아, 가 보자. 그 소나무가 있는 공터로."

양정필, 1923년 도쿄

절 입구에서 왼쪽으로 계속 걷자 노의사의 말처럼 산으로 올라가는 길이 나왔다. 오른쪽으로 방향을 잡았으면 마을이 나왔을 테고, 지나가는 조선인을 잡겠다고 진을 치고 있는 자경단과 맞닥뜨렸을 것이 틀림없었다. 정필은 노의사에게 고마운 마음이 들었다. 광기에 사로잡힌 것처럼 모두가 한마음으로 인간 사냥에 나선 때에도 거기에 휩쓸리지 않고 바른 마음을 간직해 주는 사람이 있어 고맙다고, 이 지옥 같은 땅에서도 인간에 대한 믿음을 지킬 수 있게 해 주어 고맙다고 마음속으로 깊이 감사했다.

한참 산길을 올라가자니 다친 다리가 몹시 아팠다. 정필은 넓적한 바위에 짐을 부리듯 지친 몸을 내려놓았다.

"힝, 히잉!"

새끼 고양이가 어미를 찾으며 울고 있나, 새가 지저귀나. 가냘

푼 소리가 바람을 타고 실려 왔다. 정필은 바짝 긴장했다. 발밑에 있던 나뭇가지를 주워 꽉 쥐고는 주위를 살피기 시작했다.

소리 나는 곳을 따라가니 잔가지 덤불 아래 어린 여자아이가 숨어 있었다. 아이는 눈물, 콧물로 얼룩진 얼굴을 들어 정필을 똑바로 바라보았다. 정필이 들고 있는 긴 나뭇가지를 보자 울음을 터뜨렸다.

정필은 얼른 나뭇가지를 던져 버리고는 아이를 달랬다.

"미안, 놀랐구나. 괜찮아, 울지 마."

산속 어딘가에서 쫓아오고 있을지도 모르는 사람들에게 들릴까 봐 진땀이 났다.

"쉿, 제발 울지 마."

아이 곁에 들꽃이 수북하게 놓여 있었다. 정필은 서너 포기를 골라 엮어서 아이에게 손짓했다.

"팔 이리 줘 봐."

아이는 어느새 울음을 그치고 호기심 어린 얼굴로 정필에게 손을 내밀었다. 정필은 아이의 가녀린 손목에 들꽃으로 만든 팔찌를 묶어 주었다.

'꼭 연이만 하구나. 대여섯 살이나 되었을까.'

아이는 눈물 자국으로 얼룩얼룩한 얼굴로 배시시 웃었다.

"그런데 왜 혼자 여기 있니? 엄마 아빠는?"

아이는 금세 얼굴을 찡그리며 금방이라도 울음을 터뜨릴 기세였다. 정필은 입에 손가락을 가져다 대며 사정하듯 말했다.

"쉬, 제발 울면 안 돼. 울지 않고 말해 주면 내가 멋진 화관 만 들어 줄게."

"화관?"

아이는 관심을 보이며 바짝 다가왔다. 정필은 예쁘게 핀 들꽃 을 골라 정성껏 엮었다.

"이것도! 이것도!"

아이는 제 마음에 드는 꽃을 골라 정필에게 내밀었다. 정필은 멋진 화관을 완성해 아이 머리에 씌워 주었다. 아이는 천사처럼 웃으며 좋아했다. 정필은 잠시 모든 것을 잊고 모처럼 행복했다. 그동안 겪은 끔찍한 일들이 모조리 꿈이었나 싶은 생각마저 들 었다.

갑자기 바람이 불어 아이 머리에 씌운 화관이 떨어졌다. 그 바 람에 잊고 있던 걱정이 떠올랐는지 아이는 다시 엄마를 부르며 울기 시작했다.

"엄마 어디 가셨어? 집이 어디야?"

정필은 등에서 땀이 났다. 아이는 손으로 산 아래를 가리키며 울기만 했다.

'들꽃에 정신이 팔려 꽃을 꺾으며 여기까지 온 걸까. 저도 모르 게 마을을 벗어나 길을 잃어버린 걸까.'

정필은 난감했다. 이런 상황이라면 누구라도 아이를 집에 데려다쳐야 마땅하다. 하지만 마을에 가면 조선인을 잡겠다고 혈안이 된 자경단과 마주치게 될 것은 불 보듯 뻔한 일. 지금 마을로 들어가는 것은 호랑이 굴에 머리를 들이미는 것이나 다름없었다.

아이는 계속 엄마를 찾으며 울었다. 어린 연이도 난리 통에 엄마를 잃고 어디에선가 이렇게 울고 있으면 어쩌나. 정필은 아이가 꼭 연이처럼 생각되어 마음이 쓰였다. 게다가 곧 날이 어두워질 터였다. 캄캄해지면 들짐승도 나올 텐데, 아이 혼자 무슨 일을 당할지 모를 일이다. 자신도 위험한 처지였지만 어린아이를 산에 혼자 두고 갈 수는 없는 노릇이었다.

'그래, 산 아래까지만 데려다주는 거야. 그러면 마을 사람 누구라도 아이를 발견해 도와주겠지. 산어귀에 아이를 두고 얼른 가던 길을 가면 돼.'

정필은 아이의 손을 잡았다.

"가자, 내가 데려다줄게."

아이의 단풍잎처럼 조그만 손이 정필의 손안에 쏙 들어왔다.

"꼬마 아가씨는 이름이 뭐야?"

"히데코."

"예쁜 이름이네. 몇 살?"

히데코는 다섯 손가락을 쫙 펴 보였다.

"다섯 살?"

히데코는 고개를 살랑살랑 저으며 대답했다.

"여섯 살!"

정필은 웃으며 히데코의 손을 놓고 손가락 여섯 개를 만들어 보였다.

"그럼 이렇게 해야지."

히데코는 배시시 웃으며 얼른 정필의 손을 다시 붙잡았다. 히데코가 정필을 잡은 손을 놓칠세라 꼭 붙들고 있으려고 다른 손의 손가락만 쫙 펴 보인 것을 정필은 눈치채지 못했다.

히데코는 기분이 좋은지 노래를 흥얼거렸다.

따뜻한 남쪽에서 봄이 오면은
아름다운 들판에 꽃이 피어요.
빨간 꽃, 노란 꽃 자랑하면서
너도나도 즐겁다고 노랠 불러요.

정필도 히데코가 부르는 노래를 가만가만 따라 했다. 따뜻한 고향의 봄이 성큼 다가온 듯 가슴이 뭉클했다. 천변에는 개나리가 뒷산에는 진달래가 피어나고, 어머니와 아버지와 훈이, 지씨 아저씨네 식구들, 박씨 아저씨까지 모두 둘러앉아 행복하게 웃던 날들. 너무나 아득해진 그 시절이 사무치게 그리워 정필의 눈에는 어느새 눈물이 맺혔다.

"왜 울어?"

히데코가 눈을 동그랗게 뜨고 물었다.

"히데코 노랠 들으니 집 생각이 나서."

정필은 다정하게 웃으며 대답했다.

"나처럼 집에 가는 길을 잃어버렸어?"

정필은 고개를 끄덕였다. 히데코는 이내 울상이 되었다.

"어떡해? 히데코는 착한 오라버니를 만나서 이제 집에 갈 수 있는데."

정필은 히데코의 머리를 쓰다듬었다.

"나도 착한 히데코를 만나서 집에 갈 수 있을 거야."

두 사람은 어느새 산어귀에 다다랐다. 정필이 히데코에게 재빨리 속삭였다.

"나는 그만 가 봐야 해. 여기서 기다리면 금방 마을 어른을 만날 수 있을 거야. 그럼 집에 데려다 달라고 해."

"그냥 오라버니가 데려다주면 안 돼?"

히데코는 정필의 팔에 매달려 졸랐다.

"미안해, 정말 가야 해서 그래. 잘 지내."

정필은 아쉬워하는 히데코를 남겨 두고 등을 돌렸다. 자경단의 눈에 띄기 전에 어서 피해야 한다. 정필의 걸음이 점점 빨라졌다.

"오라버니! 잠깐만!"

뒤에서 히데코가 애타는 목소리로 불렀다. 타닥타닥, 작은 발로 열심히 뛰어오는지 바쁜 발걸음 소리가 들려온다.

"악!"

비명과 동시에 울음이 터져 나왔다. 정필이 뒤를 돌아보았다. 바닥에 주저앉은 히데코가 피가 흐르는 무릎을 붙잡고 울고 있었다. 정필은 차마 그대로 떠날 수가 없었다. 달려가 소매로 피를 닦아 준 뒤 히데코를 안아 일으켰다. 그때였다.

"히데코!"

긴 칼을 찬 남자들이 다가왔다.

"아빠!"

히데코가 콧수염을 기른 남자에게 내달렸다. 정필은 얼른 뒤돌아섰다. 아무렇지 않은 척 자리를 떠야 한다. 하지만 상황은 정필의 바람대로 흘러가 주지 않았다.

"잠깐, 거기 서!"

히데코의 아빠가 정필을 불러 세웠다. 최대한 침착하게 보여야 한다고 마음속으로 되뇌었지만 마음먹은 대로 되지 않았다. 다리가 떨려 금방이라도 주저앉을 것만 같았다.

"당신 누군데 우리 애를 데리고 있는 거야?"

"아이가 산에서 울고 있어서 데려다준 것뿐입니다."

옆에 있던 남자가 끼어들었다.

"그런데 왜 도망치듯 가려 했지? 말투도 왠지 어색하고."

또 다른 남자가 정필의 어깨를 밀며 을러댔다.

"너 센진이지? 그렇지?"

정필은 어쩐 일인지 아니라는 말이 입 밖으로 나오지 않았다. 그대로 얼음이 된 것처럼 뻣뻣하게 굳어 있을 뿐이었다.

남자들이 정필을 둘러싸고 저마다 몰아세우기 시작했다.

"여자애를 왜 데리고 간 거야?"

"무슨 짓을 하려고 했어?"

"이 천하의 나쁜 놈! 우리가 발견하지 못했으면 어쩔 뻔했어?"

"도망가지 못하게 빨리 잡아!"

"이런 놈은 본때를 보여 줘야 해."

마을 남자들이 달려들어 정필을 밧줄로 꽁꽁 묶었다. 정필은 저항할 겨를도 없이 죄인처럼 묶이고 말았다.

"하지 마! 그러지 마!"

히데코는 무서운 분위기를 감지한 듯 정필에게 손을 뻗으며 애타게 소리쳤다.

"어서 집에 가자, 히데코."

히데코의 아버지는 정필에게 달려가려는 히데코를 덥석 안아 어깨에 둘러메고 성큼성큼 걸어갔다. 히데코는 마을 남자들에게 봉변당하고 있는 정필을 보며 울먹였다.

"난 그냥 오라버니에게 꽃을 주고 싶어서 부른 것뿐인데……."

히데코의 손에서 들꽃이 우수수 떨어졌다. 바람에 날린 꽃송이들이 남자들의 발에 짓밟혔다.

마에다 린, 1923년 도쿄

"이 언덕만 올라가면 소나무가 보일 거야."

하루가 숨을 헐떡이며 말했다. 땀방울이 이마를 타고 흘렀다. 린의 눈에 긴장한 빛이 감돌았다.

"어, 진짜다! 소나무야, 소나무가 있어!"

"거봐, 내가 뭐랬어."

린이 감탄하자 하루는 으쓱했다. 하지만 이내 두 사람은 소스라치듯 놀라 멈춰 서고 말았다.

소나무에 한 남자가 밧줄로 묶인 채 축 늘어져 있었다. 피투성이가 된 남자는 말로 표현할 수 없을 만큼 처참한 모습이었다. 검붉은 핏자국으로 얼룩진 얼굴은 퉁퉁 부어올라 사람의 몰골이 아니었고, 찢어진 옷 사이로 드러난 몸은 시커먼 멍으로 뒤덮여 성한 구석을 찾아보기 힘들었다. 피를 얼마나 흘렀는지 남자의 발밑에 나 있는 풀이 온통 검붉은 빛으로 물들어 있었다.

너무나도 끔찍한 모습에 린과 하루는 차마 더는 다가가지 못했다. 그때 한 여자가 분홍색 원피스 자락을 휘날리며 남자 쪽으로 달려갔다. 여자를 본 린은 가슴이 쿵 내려앉았다.

"어, 저 사람은?"

"왜 그래? 아는 사람이야?"

"우리가 유치장으로 끌려갈 때 경찰서 앞마당에서 만났잖아."

린은 단발머리 여자에게서 눈을 떼지 못했다. 여자를 다시 만난 것이 어쩐지 운명처럼 느껴졌다.

"여보세요, 정신 좀 차려 보세요."

남자에게 다가간 단발머리는 한 치의 망설임도 없이 남자의 어깨를 흔들었다. 하지만 남자는 완전히 정신을 잃었는지 떨군 고개를 들지 못했다. 단발머리는 남자를 묶고 있는 밧줄을 풀려고 끙끙거리며 안간힘을 썼다. 하지만 어찌나 꽁꽁 묶여 있는지 조그만 여자의 손아귀 힘으로는 어림도 없었다.

"아휴, 어쩜 좋아."

안타까운 듯 발을 동동 구르다가 멀찍이 서 있던 린과 눈이 마주쳤다. 순간 단발머리가 반색하며 손짓했다.

"저기요, 얼른 이리 와서 좀 도와주세요!"

린과 하루는 소나무를 향해 뛰어갔다. 소나무에는 종이 한 장이 붙어 펄럭이고 있었다.

이자는 어린 여자아이에게 나쁜 짓을 한 센진이니 누구든 때려도 좋다

세 사람은 힘을 모아 밧줄을 풀어 보려 했지만 쉽지 않았다. 아무리 힘을 써 봐도 밧줄은 풀릴 기미가 보이지 않았다.

린이 주변을 살피더니 날카로운 돌을 하나 주워 왔다. 밧줄을 끊으려고 끙끙대다가 돌에 쓸려 손에서 피가 흘렀지만 신경 쓰지 않았다. 하루와 단발머리도 돌을 주워 와서 힘을 보탰다. 세 사람이 한참이나 애쓴 덕에 간신히 밧줄이 끊어졌다. 하루가 힘없이 쓰러지는 남자를 부축해 바닥에 눕혔다.

"이 사람 죽은 걸까?"

린이 떨리는 목소리로 물었다. 하루가 남자의 가슴에 귀를 가져다 대고는 고개를 흔들었다.

"아직 심장이 뛰고 있어."

"그런데 저 말이 사실일까?"

린이 두려운 눈빛으로 소나무에 붙은 종이를 가리켰다. 단발머리가 굳은 얼굴로 고개를 흔들었다.

"난 믿지 않아요. 여기까지 오는 동안 사람들이 조선인이라면 덮어놓고 의심하고, 쉽게 죽이기도 하는 걸 많이 봤거든요."

"너무 끔찍해요."

린은 금방이라도 울음을 터뜨릴 듯한 얼굴이었다. 하지만 먼저 울음을 터뜨린 사람은 따로 있었다.

"으아앙!"

네댓 걸음 떨어진 곳에 조그만 여자아이가 서 있었다. 아이는 엉엉 울면서 남자에게 다가오더니 그의 머리맡에 털썩 주저앉았다. 단발머리가 아이에게 조심스럽게 물었다.

"이 사람을 아니?"

아이는 고개를 끄덕이고는 다시 왕 하고 울어 버렸다.

"오라버니가…… 나 때문에……."

그때 죽은 듯 늘어져 있던 남자가 힘겹게 실눈을 떴다.

"어, 정신이 드세요?"

하루가 소리쳤다.

"오라버니!"

아이는 울음을 그치며 반가워했다. 남자는 아이에게 웃어 보이려 했다. 그러나 이내 고통스러운 신음과 함께 얼굴을 찡그렸다.

"미안해, 나 때문에……. 아저씨들 나빠. 우리 아빠도 나빠!"

아이는 다시 울먹였다. 남자가 힘겹게 입술을 달싹였다.

"너…… 때문이…… 아니야."

남자는 팔을 뻗으려고 안간힘을 썼지만 팔은커녕 손가락 하나 꼼짝할 수 없었다. 점점 숨이 가빠졌다. 남자를 둘러싼 세상이 빙글빙글 돌았다. 하나 다행인 것은 견디기 힘든 고통이 조금씩 옅어지고 있다는 것이었다. 그는 죽음을 향해 한 걸음씩 천천히 다가가고 있었다.

남자는 마지막 남은 힘을 끌어모아 간신히 입을 열었다.

"내 주…… 머니……."

하루가 얼른 남자의 주머니에 손을 넣어 안에 들어 있는 물건을 꺼냈다. 그 순간 린과 하루의 눈이 튀어나올 듯 커졌다.

"이, 이건!"

린이 잃어버린 만년필 펜촉이었다. 정필이 제 몸을 갈아 동생 정훈의 생일 선물로 마련한 값비싼 만년필 펜대는 무도한 이들의 매질을 견디지 못하고 산산조각 나 버렸다. 하지만 올리브 잎사귀가 새겨진 금속 펜촉은 온전히 남아 하루의 손바닥 위에서 반짝거리고 있었다.

퉁퉁 부어오른 눈을 겨우 뜨고 산산조각으로 부서진 만년필을 가만히 바라보는 정필의 눈동자에는 이루 말할 수 없는 슬픔과 안타까움이 서려 있었다.

"내 동생…… 훈이……, 양…… 정훈. 생일 선물……. 꼭 전해……."

정필은 말을 채 끝맺지 못했다. 뼈에 사무치도록 억울해 차마 눈을 감지 못한 것일까. 하늘을 향해 부릅뜬 그의 눈에서는 눈물한 방울이 또르르 흘러내렸다.

"이 사람의 부탁이었어. 날 여기로 부른 건……."

린은 흐느끼기 시작했다. 지진이 일어난 뒤에 정필이 어떤 일을 겪었는지 린은 충분히 헤아릴 수 있었다. 이름조차 남기지 못하고 타국에서 소나무에 묶인 채 죽음을 맞아야 했던 정필의 슬픔과 억울함이 린에게 고스란히 전해 오는 것만 같았다. 무릎을 꿇고 앉은 하루의 눈에서도 뜨거운 눈물이 흘러내렸다. 그리고 소리 없이 울고 있는 또 한 사람, 단발머리가 정필의 두 눈을 감겨 주며 속삭였다.

"약속할게요. 생일 선물, 동생에게 꼭 전해 줄게요."

하루에게 금속 펜촉을 건네받은 단발머리가 눈물범벅인 여자아이에게 다가갔다. 물기 어린 애잔한 눈으로 아이를 바라보다가 천천히 입을 열었다.

"히데코."

아이가 울음을 그치고 눈을 동그랗게 떴다.

"내 이름을 어떻게 알아요?"

단발머리가 말없이 미소를 짓더니 뜻 모를 말을 중얼거렸다.

"내가 함께할게요. 그러니까 너무 힘들어하지 말아요, 응?"

단발머리가 들릴 듯 말 듯 작은 목소리로 한마디를 덧붙였다.

"어머니."

말끝에 묻어나는 울음을 삼키며 힘겹게 남긴 그 말을 린은 똑똑히 알아들을 수 있었다.

단발머리와 여자아이, 두 사람의 꼭 닮은 초승달 눈매며 도톰한 입술이 그제야 린의 눈에 들어왔다. 그와 동시에 할머니 수첩 첫 장에 적혀 있던 암호와 같은 문장이 번뜩 떠올랐다.

나는 당신을 찾기 위해 살아왔고, 당신을 지우지 못해 죽어 갑니다.

당신과 한 약속을 끝내 지키지 못해 미안합니다.

그건 할머니의 글씨가 아니었다. 그 글을 남긴 사람이 바로 히데코임을 린은 어렵지 않게 떠올릴 수 있었다.

린은 당장이라도 단발머리에게 달려가 안기고 싶은 마음을 간신히 눌렀다. 단발머리의 뒷모습을 바라보며 린의 눈에서는 뜨거운 눈물이 하염없이 흘러내렸다. 하지만 입가에는 잔잔한 미소가 떠올랐다. 단발머리를 꼭 닮은 따스한 미소가.

단발머리가 히데코에게 금속 펜촉을 내밀었다. 히데코는 잠시 망설이다가 펜촉을 건네받아 고사리 같은 손에 꼭 쥐었다.

그 순간 히데코의 조그만 손가락 사이로 번쩍이는 금빛이 뻗어 나오기 시작했다. 뾰족하고 날카로운 금빛은 점점 몸집을 불리며 커졌다. 그리고 약속을 지키기 위해 시간을 거슬러 온 세 사람, 단발머리의 젊은 스미코와 린, 그리고 하루를 둘러싼 채 거대한 회오리바람이 소용돌이치듯 휘몰아쳤다.

"으아앙!"

히데코의 울음이 환청처럼 먼 곳에서 울려 퍼지다가 점점 작아지더니 마침내 들리지 않았다.

마에다 유카리, 2023년 도쿄

마에다 유카리는 뜨개질하던 손을 멈추었다. 머릿속이 복잡할 때 잡생각을 몰아내는 데는 뜨개질이 최고지만, 이번에는 그마저 통하지 않았다. 린이 기어이 할머니 불단을 들고 나간 뒤, 유카리는 시시각각 몰려드는 불길한 예감과 온갖 상상 때문에 자꾸만 코를 빠뜨렸다. 풀었다 다시 뜨기를 몇 차례 반복하다가 뜨개실을 집어 던져 버렸다.

유카리는 유리로 된 장식장을 열고 오랜만에 남편의 사진을 꺼냈다. 린이 태어나고 얼마 지나지 않아 교통사고로 남편이 갑작스레 세상을 떠났을 때는 하늘이 무너지는 것만 같았다. 혼자서 어린 딸을 어떻게 키워야 할지 앞이 캄캄했다. 그나마 꼬박꼬박 적지 않은 월급을 주는 직장과 기꺼이 린을 돌봐주는 시어머니가 있어 다행이었다.

아무것도 모르는 아기일 때 엄마 품을 떠나서인지 린은 할머니를 무척이나 잘 따랐다. 불안한 마음도 있었지만 어쩔 수 없는 형편이었기에 린을 시골집에 맡기고 일에만 집중했다. 그 일이 일어나기 전까지는……

언제부터였을까. 유카리는 테이프를 거꾸로 감듯 차근차근 시간을 되짚어가기 시작했다. 불길한 예감이 시작된 것은 시어머니인 스미코의 부고를 받은 날이었다. 오래 소식을 끊고 지내던 시어머니가 돌아가셨다는 소식이 새삼 슬퍼서만은 아니었다. 오히려 유카리를 불안하게 한 것은 린이 악몽을 꾼다는 사실이었다. 린은 한번 잠이 들면 누가 업어 가도 모를 정도로 푹 자는 아이라 꿈자리가 뒤숭숭한 일은 좀처럼 없었다. 하필이면 시어머니의 부고를 받은 날부터 린이 악몽을 꾼다는 것이 못내 찜찜했다.

스미코는 생전에 종종 악몽에 시달리곤 했다. 린을 보러 휴가를 내고 시골집에 가서 며칠씩 머무를 때면 한밤중에 스미코가 비명을 지르며 깨어나는 바람에 유카리도 함께 잠을 설친 적이 여러 번이었다. 그럴 때마다 스미코는 누군가를 찾아야만 그 꿈에서 벗어날 수 있다고 이야기하곤 했다.

린은 제 할머니를 무척이나 따를 뿐 아니라 여러모로 닮은 구석이 많은 아이였다. 초승달을 닮은 눈매며 도톰한 입술부터 고기보다는 채소를 좋아하는 식성이나 적극적이고 씩씩하면서 정이 많은 성품도 비슷했다. 하다못해 뾰족한 것을 똑바로 보지 못하고 무서워하는 것까지 똑같았다. 그러니 린이 악몽에 시달리는 것도 할머니를 닮은 게 아닐까 걱정이 되는 것도 무리는 아니었다.

린이 할머니를 닮은 것을 유카리가 이토록 마음을 쓰는 이유는 실은 집안 내력을 걱정하기 때문이다. 결혼 전에 남편이 자신의 외할머니, 그러니까 스미코의 어머니에 대해 지나가듯 말한 적이 있었다. 부모님과 오래 불화를 겪어 거의 인연을 끊다시피 살았고, 가족에게서 도망치듯 선택한 결혼 생활마저 평탄하지 않아 심한 우울증에 시달렸다고 했다. 자세한 사연은 이야기하지 않았지만 어릴 때 겪은 불행한 사건에서 평생 벗어나지 못했다고 했다. 갓 스무 살이 된 외동딸 스미코를 남겨 둔 채 결국 스스로 삶을 놓아 버렸다는 이야기도 들었다. 그때만 해도 유카리는 별다른 생각이 없었다. 하지만 결혼한 뒤 시어머니를 보면서 얼굴도 모르는 남편의 외할머니 이야기가 때때로 떠오르곤 했다.

스미코는 더할 나위 없이 손녀를 사랑하는 따뜻한 분이었지만 도무지 이해할 수 없는 면이 있었다. 이를테면 스미코는 수십 년째 누군가를 찾는 일에 매달려 왔는데, 그 사람이 대체 누구냐고 유카리가 물으면 자신 없는 얼굴로 이름 석 자밖에는 모르는 사람이라고 했다. 자신과는 아무 관계도 없는 과거의 일에 지나치게 몰두하는 시어머니를 이해하기 힘들었다.

"유언비어 때문에 조선 사람 수천 명이 학살당했어. 우리 일본에서 일어난 일이야."

스미코는 백 년 전 사건의 진실을 알리겠다며 급기야 무슨 위원회를 조직했다. 간토 대지진 당시에 조선인들이 학살당한 장소가 정확히 어디이며 희생자가 몇 명이었는지 밝혀내야 한다며 이리저리 돌아다녔다. 또 그렇게 알아낸 사실을 사람들에게 널리 알려야 한다며 온갖 행사에 참여하고, 국회의사당 앞에서 시위를 벌이기도 했다.

어느 날은 간토 대지진 당시 일어난 조선인 학살의 진실이 드디어 고등학교에서 가르치는 역사 부교재에 실리게 되었다며 기뻐했다.

"그동안 우리가 한 노력이 헛되지 않았어. 유카리, 이제야 니나 짱에게 부끄럽지 않은 할미가 된 것 같구나."

그 이야기를 전하며 스미코는 눈물까지 보였다. 하지만 오래 지나지 않아 스미코가 그토록 뿌듯하게 여기던 역사 부교재는 휴지 조각이 되어 버리고 말았다. 우익 단체의 반대로 학교에서 모조리 퇴출당하고 만 것이다. 스미코와 위원회 사람들은 우익 단체 앞으로 항의 시위를 하러 간다고 했다. 그리고 바로 그곳에서 '그 일'이 일어났다.

그날 시위 현장에서 큰 화재가 발생했다. 린은 화상을 입고 하마터면 목숨을 잃을 뻔했다. 누군가는 우익 단체에서 불을 질렀다고 하고, 또 다른 누군가는 시위대가 방화했다고 했다. 경찰과 시위대가 충돌하면서 불이 났다고 하는 사람들도 있었다.

유카리는 누가 불을 냈는지는 조금도 궁금하지 않았다. 두고두고 벗어날 수 없었던 질문은 오직 하나였다. 시어머니는 도대체 왜 어린 손녀를 데리고 그 위험한 곳에 간 걸까.

유카리는 시어머니가 제정신이 아니라는 결론을 내리지 않을 수 없었다. 그 일이 뭐가 그리 중요하다고 손녀를 그 큰 위험에 빠뜨린단 말인가. 유카리는 제정신이 아닌 시어머니에게 더는 린을 맡길 수 없다고 결론을 내렸다.

린은 도쿄로 온 뒤로 오랫동안 할머니를 잊지 못해 몹시 힘들어했다. 하지만 할머니를 만나게 했다가는 린이 또다시 위험에 빠질지 몰랐기에 유카리는 마음을 모질게 먹었다.

유카리가 엄격하게 양육한 덕분인지 린은 엄마 말을 거역하지 않는 착한 딸로 자랐다. 하지만 제 할머니의 장례식에 다녀온 뒤부터 아이가 갑자기 이상하게 변하기 시작했다. 말도 안 된다고 생각은 했지만, 시어머니의 죽음이 린을 나쁜 방향으로 몰고 간다는 느낌을 지울 수 없었다.

유카리는 초조한 마음으로 창밖을 내다보았다. 구름이 잔뜩 낀 날이라 그런지 밖이 유난히 어둡게 느껴졌다. 불단을 절에 기증하겠다며 나간 린이 아직 돌아오지 않고 있었다.

아이를 찾으러 나가 봐야겠다고 생각하며 현관문을 열었을 때, 유카리는 기절할 듯 놀랐다. 문 앞에 린이 우두커니 서 있었다. 린은 허깨비라도 본 것처럼 창백한 얼굴이었다.

"언제 왔어? 왜 들어오지 않고 거기 서 있어?"

린은 엄마의 물음에 대답하지 않았다. 딸이 대답 대신 자신의 눈을 똑바로 바라보며 대뜸 이렇게 물었을 때, 유카리는 죽은 스미코의 망령에게 욕이라도 퍼붓고 싶은 심정이었다.

"할머니의 어머니 말이에요, 이름이 혹시 히데코였어요?"

\# 오하루, 2023년 도쿄

하루는 두 손을 삼각형 모양으로 만들어 이마에 가져다 댔다. 늦은 오후의 햇살이 하늘을 온통 붉게 물들이고 있었다. 저 멀리서 태양을 등지고 검은 형체가 하루를 향해 달려오고 있었다. 하루는 어린아이처럼 천진난만한 린을 보며 히데코와 퍽 닮았다고 생각했다.

"린!"

하루가 반갑게 맞이했다. 린도 가쁜 숨을 몰아쉬며 활짝 웃었다. 시간을 거슬러 과거로 가서 전쟁 같은 며칠을 보냈지만 현재로 돌아와 보니 겨우 몇 시간이 흘렀을 뿐이었다. 하지만 하루와 린, 둘 사이에는 전에 없던 끈끈한 유대감이 자라나 있었다.

린의 손에는 말린 꽃다발이 들려 있었다.

"무슨 꽃이야? 난 처음 보는 꽃 같은데."

"붉은토끼풀꽃. 꽃말이 뭔지 알아?"

하루가 고개를 갸웃거렸다. 린이 배시시 웃으며 대답했다.

"약속."

하루가 의미심장하게 미소 지었다. 두 사람은 커다란 소나무가 있던 공터에 다다를 때까지 말없이 걷기만 했다.

린이 공터 한복판에 서서 말했다.

"여기쯤일까?"

"그런 것 같아."

린이 땅 위에 꽃다발을 살포시 내려놓았다. 두 사람은 이곳에서 눈을 감은 정필을 떠올리며 한참 동안 묵념했다. 린이 속삭이듯 조용히 말했다.

"그래도 히데코 할머니는 약속을 지키려고 애쓰셨어요. 그건 알아주실 거죠?"

린의 눈이 촉촉이 젖어 들었다. 하루가 말린 꽃잎을 부드럽게 어루만지며 말했다.

"그리고 그날의 약속은 지금도 이어지고 있어요."

"저희가 꼭 전할게요, 동생의 생일 선물."

린이 만년필 펜촉을 손에 꼭 쥔 채 말했다. 두 사람의 말에 화답하듯 바람 한 줄기가 시원하게 불어왔다.

두 사람이 언덕길을 걸어 내려올 때였다. 뒤에서 다급하게 부르는 소리가 들렸다.

"저기, 잠깐만요!"

한 노인이 주위를 둘러보고는 목소리를 낮추며 말했다.

"저 공터에 꽃다발을 두고 가는 걸 봤어요. 혹시 한국에서 왔나요?"

"왜 그러시죠?"

하루가 대답했다. 노인은 다시 한번 주위를 살피더니 더욱 작은 목소리로 말했다.

"난 어릴 때부터 이 동네에서 살았어요. 어른들이 하는 이야기를 듣고 알았지요. 옛날에 이 마을 사람들이 저 공터에 있던 소나무에 조선 사람을 묶어 놓고 때려서 죽였대요, 아주 끔찍하게. 두 사람도 그걸 알고 온 거죠?"

린과 하루는 고개를 끄덕였다.

"지금 동네가 새로 개발되는 마당에 이런 이야기가 알려지면 안 된다고 다들 쉬쉬하고 있어요. 하지만 사람들이 아무리 아니라고 잡아떼도 당신들이 알고 있는 게 진실이에요. 그건 말해 줘야 할 것 같아서."

노인은 얼른 뒤돌아서 잰걸음으로 자리를 떠났다. 길 반대쪽에서 장바구니를 든 남자가 아이 손을 잡고 걸어오고 있었다.

하루는 마음이 꽉 차오르는 느낌이었다. 진실을 알리기 위해 노력하는 사람들은 언제나, 어디에나 있다. 예전에도 그랬고, 지금도 그렇고, 앞으로도 그럴 것이다.

하루의 발걸음에 힘이 실렸다. 스포츠 가방에 매달린 개구리 열쇠고리가 부지런히 혀를 날름거렸다.

린이 쿡 웃음을 터뜨렸다. 하루의 표정이 대뜸 새침해졌다. 뭐야, 진짜 기억 못 하는 거야? 짐작은 하고 있었지만 그래도 서운한 마음이 드는 것은 어쩔 수 없었다.

"진짜 너무하네."

하루의 짜증 섞인 말에 린은 어리둥절했다.

"뭐가?"

하루가 가방에서 개구리 열쇠고리를 떼서 린의 눈앞에 쑥 내밀었다.

"이거, 네가 준 거잖아."

린의 눈이 보름달만큼 커다래졌다. 하루는 헛웃음이 나왔다.

"정말 기억 안 나? 여섯 살 때였나, 너희 집 근처 놀이터에서."

린은 여전히 모르겠다는 표정이었다. 하지만 하루는 어제 일처럼 선명하게 기억하고 있었다.

아빠가 처음으로 유치원에 데려다준 날이었다. 유치원에서 선생님들끼리 하는 말을 들었는지, 놀이터에서 친구들이 하루를 놀렸다.

"너희 아빠 가이진이라며? 그럼 너도 가이진이겠네?"

"가이진! 가이진!"

전날까지는 아무렇지 않게 어울려 놀던 친구들이었다. 실컷 하루를 놀리더니 저희끼리 우르르 미끄럼틀 쪽으로 가 버렸다.

하루는 울고 싶은 걸 간신히 참으며 혼자 모래놀이를 하고 있었다. 그때 한 여자아이가 다가오더니 하루 옆에 쭈그리고 앉아 모래성을 쌓기 시작했다. 두 아이는 말 한마디 없이 모래성을 쌓는 데만 몰두했다. 근사한 모래성이 완성될 즈음 여자아이의 엄마가 다가오며 소리쳤다.

"린! 이제 집에 가자."

린은 엉덩이를 탁탁 야무지게 털더니 주머니에서 개구리 열쇠고리를 꺼내 하루에게 내밀었다. 린의 손에 들린 개구리는 흔들거리며 혓바닥을 연신 날름거렸다. 하루가 웃음을 터뜨리자 린은 기다렸다는 듯 하루의 손바닥에 개구리를 올려놓았다.

"그거 너 가져."

린은 씩 웃고는 제 엄마에게 팔랑팔랑 뛰어가 버렸다. 하루는 린의 뒷모습을 한참이나 바라보았다.

"그래 놓고 기억을 못 한단 말이야? 그러면 여태껏 이걸 가방에 매달고 다닌 난 대체 뭐가 되냐고."

하루는 툴툴거리며 성큼성큼 앞서가 버렸다.

하늘을 붉게 물들인 노을이 린의 두 뺨에도 내려앉은 걸까. 복숭아처럼 발그레한 얼굴로 린은 하루를 따라 뛰기 시작했다.

"기다려, 오하루! 같이 가자고!"

철물점 김 사장, 2023년 도쿄

김 사장은 요 며칠 하루를 보며 '세상 오래 살고 볼 일'이라는 말이 떠올랐다. 녀석은 아버지가 한국 사람인데, 어려서부터 일본 학교에 다녀서 그런지 한글을 읽을 줄도, 쓸 줄도 모른다고 했다. 그게 안타까워 김 사장은 하루를 볼 때마다 잔소리를 늘어놓았다. 한글도 모르는 녀석이니 우리 동포들이 일본 땅에서 부대끼며 고생한 역사에 대해서는 뭘 알까 싶어 자기 부모님이 살아온 이야기도 이따금 들려주곤 했다.

솔직히 늙은이 잔소리가 뭐 듣기 좋았겠나. 그래도 싫어하지 않고 간간이 철물점에 들러서 귀 기울이는 시늉이라도 해 주는 게 고마울 뿐이었다. 그런데 녀석이 며칠 전에는 무슨 바람이 불었는지 여자친구까지 데리고 나타나서는 뜻밖의 부탁을 했다. 간토대지진 때 이야기로 낭독극을 할 거라면서 우리 동포 가운데 아는 이들을 모두 다 초대해 달라는 것이었다. 갑자기 낭독극을 왜 하려는 거냐고 물었더니 꼭 찾아야 할 사람이 있다고 대답했다. 그런데 이름 석 자밖에는 아는 게 없는 데다가 아주 오래전에 살았던 사람이라 지금은 세상을 떠났을 거라나?

김 사장은 무슨 황당한 소리인가 싶었다. 그래서 너희가 찾는 사람이 대체 누구냐고, 자세히 묻지도 않았다. 하지만 아이들의 태도는 더할 나위 없이 진지했다.

"그분의 이야기를 낭독극으로 만들어서 많은 사람 앞에서 공연하면 그 후손이나 아니면 건너 건너 아는 사람이라도 찾을 수 있지 않을까요?"

김 사장은 눈망울을 반짝이는 아이들에게 차마 찬물을 끼얹을 수 없어 부탁한 대로 하겠노라 대답했다. 하지만 아이들 이야기를 진지하게 받아들인 것은 아니었다. 만약 그랬다면 나고야에 사는 형에게도 분명 함께 보러 가자고 연락했을 것이다. 김 사장은 우리 동포 가운데 도쿄에서 교류하며 지내는 몇몇 이웃에게만 낭독극 소식을 알렸다.

낭독극의 제목은 〈약속은 지금도〉였다. 공연 장소인 청소년회관 강당은 제법 많은 관중으로 붐비고 있었다. 학생들이 홍보를 아주 열심히 한 모양이었다.

드디어 무대 위 조명이 켜지고, 하루가 등장하면서 낭독극이 시작되었다.

"모든 것은 한 선생님으로부터 시작되었답니다. 오래전, 이 마을 초등학교에는 '유키에'라는 아주 열정적인 선생님이 계셨어요. 선생님은 날마다 아이들에게 정직하게 살아야 한다고 말씀하셨지요."

김 사장은 놀라는 한편 설레기도 했다. 유키에 선생님의 이야기는 자신이 하루에게 들려준 것이었다. 건성으로 듣고 넘기는 줄 알았는데, 녀석이 자신의 이야기를 귀담아들었다는 사실이 뿌듯하면서도 고마웠다.

"저희 낭독극은 바로 그 사라진 사람들에 관한 이야기랍니다."

낭독극은 한 시간 남짓 진행되었다.

마지막 대사는 하루와 함께 철물점을 찾아왔던 린이 차분한 목소리로 전달했다.

"히데코 할머니도, 그의 딸인 스미코 할머니도 양정훈 씨에게 생일 선물을 전하겠다는 약속을 지키지 못한 채 세상을 떠나고 말았습니다. 하지만 두 분의 약속은 봄이면 다시 피어나는 벚꽃처럼 앞으로도 계속 이어질 것입니다. 억울하게 돌아가신 분들의 인간다움을 되찾아 주겠노라는 우리의 약속에 여러분도 함께해 주시겠습니까?"

무대 위 조명이 꺼지자 객석에서는 박수가 터져 나왔다. 곳곳에서 흐느끼는 소리도 들려왔다. 김 사장의 눈에서도 뜨거운 눈물이 흐르고 있었다.

김 사장은 공연장을 나서자마자 휴대전화를 꺼내 전화를 걸었다. 목소리에서 아직 울음기가 채 가시지 않아 코맹맹이 소리가 났다.

　"어, 형님! 나요, 연이 고모네 막둥이. 잘 지냈소? 아주머니 기일에 가게를 비울 수가 없어 가 뵙지도 못했네요. 아유, 별말씀을요. 고맙기는, 얼마 되지도 않는걸요. 제사에 보태시라고 그저 조금 보냈지요. 정훈 아재 기일도 얼마 안 남았지요? 그때는 무슨 일이 있어도 꼭 가야지요. 아이고, 형님. 그런 소리 마시오. 우리가 남이오? 정훈 아재는 대지진 때 부모 잃고 천애 고아로 혼자 남은 우리 어머니를 친동생처럼 돌봐주고, 박씨 어르신 돌아가신 뒤에는 아버지 노릇까지 다 해 주신 분인데. 우리 어머니 돌아가시는 날까지 정훈 아재네 가족들한테 꼭 은혜 갚아야 한다고 신신당부하셨소, 흑흑. 형님, 나도 나이 먹어 노망이 드는갑소. 주책맞게 자꾸만 눈물이 나네요. 내 정신 좀 보게. 형님이 꼭 만나 봐야 할 사람들이 있는데, 시간 좀 내셔야겠소. 내 그 말 하려고 전화한 거요. 아니, 그건 아니고 중학생들이에요. 글쎄, 그건 만나 보면 알 거고요. 그럼 내가 아이들 데리고 조만간 나고야로 찾아가겠소. 그만 들어가시오, 형님."

　김 사장은 전화를 끊고 나서 다시 한번 눈물을 훔쳤다. 그 아이들이 백 년 전의 이야기를 어떻게 그렇게 실감 나게 그려 낼 수 있었는지 그는 알 수 없었다. 어쩌면 자신이 하루에게 어머니의 이야기를 들려준 것처럼 다른 누군가에게 전해 들은 게 아닐까 짐작할 뿐이었다. 백 년의 시간을 돌고 돌아 마침내 주인을 찾아 가게 된 만년필 펜촉처럼 인연이란 언젠가는 제자리를 찾아가기 마련이니 말이다.

마에다 린, 2023년 도쿄

"으음, 잘 잤다!"

린은 기분 좋은 소리를 내며 기지개를 쭉 켰다. 나고야에 다녀온 뒤로 신기하게 악몽이 사라져서 매일 밤 달게 잘 수 있었다.

린은 일어나자마자 방 한편에 모셔 둔 할머니의 불단 앞으로 갔다. 오랫동안 불단 속에 머물던 만년필 펜촉은 나고야에 사는 양씨 할아버지네 집으로 비로소 제자리를 찾아갔다.

양씨 할아버지는 소나무에 묶여 억울하게 세상을 떠난 정필이 찾아 헤매던 동생 정훈의 아들이었다. 정훈은 정필의 바람대로 공부를 계속해서 대학에서 학생들을 가르쳤고, 이십 년 전 세상을 떠났다고 했다. 주름이 가득한 정훈의 사진 앞에 만년필 펜촉을 내려놓으며 린은 아주 오랜 짐을 벗는 느낌이었다. 백 년 전부터 짊어지고 있던 짐이니 그도 그럴 만했다.

불단에는 할머니의 사진과 함께 검은 수첩을 나란히 놓았다.
린은 할머니 사진을 향해 방긋 웃으며 인사했다.

"할머니도 악몽 꾸지 않고 푹 주무셨지요?"

엄마가 방문을 열고 빼꼼 얼굴을 내밀었다.

"린, 벌써 일어났네. 잘 잤니?"

"네, 아주아주 잘 잤어요."

린은 기운차게 인사하며 일어났다. 불단을 힐끔 보는 엄마 얼굴에 못마땅한 기색이 잠깐 비쳤다. 하지만 곧 짧은 한숨과 함께 말을 돌렸다.

"농구 시합이 이번 주 토요일이랬나?"

"네, 아침에 하루랑 연습하기로 해서 학교 일찍 가야 해요."

"너무 바쁜 거 아니니? 금요일 밤에는 낭독극 공연도 잡혀 있다면서."

린은 불끈 주먹을 쥐어 보였다.

"아직까진 괜찮아요. 즐겁게 하고 있으니 걱정하지 마세요!"

아닌 게 아니라 엄마 말대로 린은 요즘 눈코 뜰 새 없이 바빴다. 하루와 함께 농구부에 들어간 뒤로는 방과 후에 부원들과 훈련을 받느라 둘만의 시간을 보낼 짬이 없었다. 아침에 일찍 등교해서 잠깐씩 둘이 농구 연습을 하는 것이 다였다. 게다가 낭독극이 지역 신문에 실리면서 여기저기에서 공연 요청이 들어왔다. 피곤하긴 해도 린은 여러 곳에서 공연할 수 있다는 사실에 기뻤다.

낭독극을 본 사람들의 마음이 움직이는 것을 볼 때면 정필과 할머니를 위해 자신이 무엇인가 하고 있다는 생각에 보람도 느꼈다.

낭독극을 보고 가장 많이 달라진 사람은 바로 린의 엄마였다. 공연이 끝나고 엄마를 본 린은 깜짝 놀랐다. 엄마는 너무 많이 울어서 딴사람처럼 보일 정도로 눈이 퉁퉁 부어 있었다. 겨우 눈물을 그친 엄마가 처음 한 말도 린을 놀라게 하기에 충분했다.

"할머니 불단, 다시 가져와도 돼."

린은 그 길로 하루에게 가서 맡겨 놓은 불단을 제 방으로 옮겨 왔다. 여섯 살에 도쿄에 온 뒤 처음으로 제 방이 완벽하게 편하고 아늑한 자신만의 우주가 되었음을 느꼈다.

아침을 먹는 둥 마는 둥 린은 집을 나섰다. 하루가 기다리고 있는 버스 정류장을 향해 팔랑팔랑 뛰어가던 린은 멈춰 서서 긴 소매를 쓱쓱 걷어 올렸다. 햇살이 눈부시게 쏟아지는 날이었다.

작가의 말

1923년 9월 1일, 일본 중부에 있는 간토(관동) 지방에서 규모 (M) 7.9의 매우 큰 지진이 일어났다. 지진은 정오 무렵 일어났고, 많은 이들이 점심 식사를 준비하기 위해 불을 쓰고 있던 탓에 지진과 함께 곳곳에서 불이 났다.

그런데 얼마 지나지 않아 괴소문이 퍼지기 시작한다. 지진으로 혼란한 틈을 타 조선인들이 거리에 불을 지르고 우물에 독을 타고 다닌다는 소문이었다. 그 뒤로 며칠에 걸쳐 도쿄를 비롯한 인근 지역에서 경찰과 군인, 마을을 지키기 위해 결성된 자경단의 손에 조선인 수천 명이 학살당했다. 낯선 일본 땅에서 죄 없이 죽은 사람들은 대부분 값싼 임금에 중노동을 감당하던 하층 노동자들이었다.

이 끔찍한 사건이 발생한 지 어느덧 백 년이 흘렀다. 하지만 무고한 조선인들의 억울한 죽음에 누구 하나 책임지지 않았고, 진심 어린 사과나 반성조차 공식적으로 이루어지지 않았다.

이 이야기를 소설로 써야겠다고 결심하고 도쿄로 답사를 떠날

때, 내가 가장 가닿고 싶었던 것은 그처럼 잔혹한 일을 당하고도 일본 땅을 떠나지 못하고 머물러 살 수밖에 없었던 사람들의 마음이었다. 조선인이라는 이유만으로 가족과 이웃을 잃고, 파리 목숨과 다를 바 없는 하찮은 취급을 당한 이들은 과연 어떤 마음으로 하루하루를 살아 냈을까. 그들에게 거침없이 칼을 휘둘렀던 일본인들과 더불어 어떻게 살아갈 수 있었을까.

답사 첫날 방문한 가와사키에서부터 그 질문에 대한 답을 어렴풋이 찾을 수 있었다. 가와사키는 오래전부터 한인 타운이 형성된 지역으로, 때마침 가와사키역 앞에서는 정기적으로 열리는 혐오 발언 시위가 한창이었다. 전해 듣기로는 분명 혐한주의자들이 "재일 조선인을 모두 죽여라", "한인 타운을 불태워 버리자"라고 외친다고 했다. 그런데 정작 시위 현장에서는 욱일기를 배경으로 마이크를 잡은 이가 쏟아 내는 말을 한마디도 알아들을 수 없었다. 귀청을 때리는 어마어마한 사이렌 소리가 그 모든 차별과 혐오의 외침을 집어삼키고 있었기 때문이다. 더러운 말이 거리를 지나는 사람들의 귀에 들어가지 못하도록, 선량한 마음을 물들이지 못하도록 최선을 다해 막아 내겠다는 듯이 맹렬히 울부짖는 사이렌은 누가 틀어 놓은 것일까.

그 답은 금방 알 수 있었다. 혐오 발언 시위를 주도하는 몇몇을 그보다 훨씬 더 많은 이들이 둘러싸고 반대 시위를 벌이고 있었다. 그들이 들고 있는 플래카드에는 "우리는 폭력과 차별에 반대한다", "인간의 존엄성을 해치는 혐오 대신 사랑과 이해를 전하자"가 적혀 있었다. 혐오 발언을 쏟아 내는 이들도, 그에 맞서는 이들도 모두 일본인이었다.

답사가 진행될수록 질문의 답은 점점 더 명확해졌다. 간토 대지진 당시 학살당한 조선인을 추모하는 모임의 니시자키 마사오는 교사라는 직업까지 내던지고 수십 년째 조선인 학살의 진실을 밝히고, 이를 널리 알리기 위해 노력하고 있었다. 한국과 일본을 오가며 당시의 증언을 모으는가 하면, 시민들의 힘으로 건립한 추모비가 우익 단체의 공격을 받을까 염려되어 몇 년째 추모비 옆에 있는 자료관에서 생활하며 추모비를 지켰다고 한다. 초등학교 교사 시절 조선인 학살 문제를 처음 알게 된 야마모토 스미코는, 1970년대부터 여든이 훌쩍 넘은 지금까지 발로 뛰며 자료를 찾고 증언을 수집하며 이 일에 매달려 왔다. 지역 교육위원회에 요구해 역사 부교재에 조선인 학살의 참상을 실어 국가 범죄를 학생들에게 가르치게 하는 데 큰 역할을 했다.

사이타마에서 희생된 조선인 엿장수 구학영의 묘비를 찾아간 길에서는 일본인 고등학생들을 만났다. 방과 후 수업에서 조선인이 학살된 역사를 처음 배우고 큰 충격을 받았다며, 자신들이 할 수 있는 일이 무엇일까 고민한 끝에 백 년 전 간토 대지진 당시로 타임 슬립 하는 여고생의 이야기를 직접 써서 지역에서 열리는 '봄의 평화제' 행사에서 낭독극을 한다고 했다. 그 학생들이 쓴 낭독극의 제목이 〈약속은 지금도〉였고, 바로 이 책《백년을 건너온 약속》의 중요한 모티프가 되어 주었다.

한국으로 돌아오는 비행기 안에서 대략적인 이야기의 구성과 주인공이 정해졌다. 스미코 할머니와 손녀 린은 답사에서 만난 실존 인물들을 모델로 하여 상상력을 덧붙여 탄생했다. 그런가 하면 답사에서 만난 인물이 소설 속에 그대로 등장한 이도 있다.

바로 소나무가 있던 공터에서 과거에 조선인 학살이 있었음을 넌지시 알려 주고 간 노인이다. 그는 우리 답사 팀에게 다가와 굳이 묻지도 않은 이야기를 조용히 일러 주고는 서둘러 자리를 떠났다. 학살 현장을 일부러 찾아온 한국인임을 알고 차마 그냥 지나치지 못한 그 마음이 너무나 고마웠다. 우리가 할 수 있는 일 또한 그 정도가 아닐까 싶었다. 진실을 차마 외면하지 못하는 양심, 그 마음이면 충분하지 않을까.

과거에만 매달려서는 미래를 향해 나아갈 수 없다고 말하는 사람들이 있다. 하지만 과거에서 배워야 할 것을 제대로 배우지 못하고 그저 묻어 버린다면 당장은 앞으로 가는 것 같아도 결국은 과거의 잘못을 반복하게 될 뿐이다. 그러니 정말 앞을 향해 가고 싶다면 과거의 잘못을 인정하고 제대로 해결해야 한다. 반일이나 민족주의를 외치려는 것이 아니다. 오히려 그 반대이다. 차별과 혐오에 반대하는 뜻을 함께하는 일에 일본인인지 한국인인지는 중요하지 않으니 말이다.

문학이 가진 가장 큰 힘은 타인의 삶과 마음을 마치 내 것처럼 들여다보게 만드는 '공감'이라고 생각한다. 이 소설의 첫 장을 읽으며 대체 2023년의 일본인 소녀와 1923년의 조선인 청년의 이야기가 어떤 관련이 있을까 의아했을 것이다. 백 년의 시간을 거슬러 두 사람이 만나고, 전혀 상관없어 보이던 두 이야기가 하나로 포개어지는 것을 보며 여러분 또한 백 년 전에 있었던 끔찍한 사건과 오늘날 우리의 모습을 포개어 보기를 바란다. 그리하여 다른 누군가를 혐오와 편견의 시선으로 바라보고 있지는 않은지 스스로 돌아보는 계기가 된다면 참 고마울 것이다.

간토 답사를 이끌어 주신 '기억과 평화를 위한 1923 역사관'의 김종수 관장님과 '기억의서가'의 조진경 대표님, 야마나시에이와대학의 홍이표 교수님께 깊은 감사의 인사를 전한다.

이진미

• 간토 대지진 학살의 진상 규명을 위한 여러 노력에 대해 더 자세히 알고 싶다면, 교육부 인가 사회적협동조합 '기억과평화' 웹사이트에 접속해 보세요.

기억과평화

오늘의
청소년
문학
└─ 39

다른 인스타그램

뉴스레터 구독신청

백년을 건너온 약속

초판 1쇄 2023년 8월 17일
초판 2쇄 2024년 11월 7일

지은이 이진미

펴낸이 김한청
기획편집 원경은 차언조 양선화 양희우 유자영
마케팅 정원식 이진범
디자인 이성아 김현주
운영 설채린

펴낸곳 도서출판 다른
출판등록 2004년 9월 2일 제2013-000194호
주소 서울시 마포구 동교로27길 3-10 희경빌딩 4층
전화 02-3143-6478 팩스 02-3143-6479 이메일 khc15968@hanmail.net
블로그 blog.naver.com/darun_pub 인스타그램 @darunpublishers

ISBN 979-11-5633-578-8 44810
    978-89-92711-57-9 (세트)

다른 다른 생각이
다른 세상을 만듭니다